Mãn

满

一部异乡小说

Kim Thúy

〔加〕金翠 著

张鑫 译

人民文学出版社

著作权合同登记号 图字 01-2023-1515

Originally published in Canada
Original title: Mãn
Copyright © 2013, Éditions Libre Expression, Montréal, Canada
All rights reserved
Current Chinese translation rights arranged through Divas International, Paris
巴黎迪法国际版权代理
(www.divas-books.com)

图书在版编目(CIP)数据

满：一部异乡小说／（加）金翠著；张鑫译．——
北京：人民文学出版社，2023
ISBN 978-7-02-017932-9

Ⅰ．①满… Ⅱ．①金… ②张… Ⅲ．①中篇小说－加
拿大－现代 Ⅳ．① I711.45

中国国家版本馆CIP数据核字（2023）第054870号

责任编辑	胡司棋　郁梦非
装帧设计	钱　珺

出版发行	人民文学出版社
社　　址	北京市朝内大街166号
邮政编码	100705

印　　刷	凸版艺彩（东莞）印刷有限公司
经　　销	全国新华书店等

字　　数	63千字
开　　本	787毫米×1092毫米　1/32
印　　张	4.5
版　　次	2023年4月北京第1版
印　　次	2023年4月第1次印刷

书　　号	978-7-02-017932-9
定　　价	58.00元

如有印装质量问题，请与本社图书销售中心调换。电话：010-65233595

躺在你身上，
我躺在你身上，你的手臂
拥抱着我，你的手臂
拥抱着的，是比我本身还要丰盈的存在，
你的手臂拥抱着我的一切，
当我躺在你身上，
当你的手臂拥抱着我。

恩斯特·扬德尔[1]

---

[1] 理查德·大卫·普雷希特:《爱情——情感的解构》，皮埃尔·德叙斯译，贝尔丰出版社，2011年。——原注。如无特别说明，本书注释均为译者注。

妈妈和我，我们一点儿都不像。她瘦小，我高挑。她肤色黑，我却有着法国洋娃娃般的皮肤。她的小腿上有一个洞，我的心上有一个洞。

我的第一位母亲，十月怀胎带我来这世上的生母，她的脑袋有一个洞。她年纪那么轻，可能还只是个小女孩，要知道在越南，没有哪个女人敢不戴上一枚灯芯草戒指就怀孕的。

我的第二位母亲，在黄秋葵田地间的菜园里捡到我的母亲，她的信仰有一个洞。她不相信任何人，尤其是他们说的话。于是她隐居在一座茅舍里，远离湄公河那些丰饶的支流，终日诵读梵文祷词。

我的第三位母亲，看着我蹒跚学步的母亲，她最终成了"妈妈"，我的妈妈。那天早上，她本想着重新舒展手臂，于是敞开了在这天之前一直紧闭的百叶窗。在远处炙热的光线中，她看见了我，我成了她的女儿。是她给我新生，在一座大城市里养育我成人，在这不知名的他乡，一所学校的院落深处，周围环绕着艳羡的孩子，他们羡慕我的妈妈，既会教书，又卖冻香蕉。

dira
椰子

  每天一大清早，我们在上课之前去采买。通常是从卖椰子的商贩开始，成熟的椰子肉厚汁少，老板娘先帮我们锉掉一半椰子壳，用固定在扁平的棍子一头的汽水瓶盖。大片的椰子壳像装饰画片儿似的整条剥落下来，好似用来固定铺在凉亭顶上的香蕉叶的饰带。卖椰子的妇人喋喋不休，总向妈妈絮叨着同一个问题："您喂这孩子吃了什么呀，她的嘴唇这样红？"为了不引起她的注意，我只好养成抿起嘴唇的习惯。不过她锉掉剩下一半椰子壳的麻利动作总是让我着迷，于是我又不由地半张开嘴，注视着她的一举一动：她一只脚踩着长长的刮刀，刀刃是一种黑色金属，刀柄的一部分支在小木凳上。老板娘像机器似的飞快地刮着椰子，不曾向刮刀圆弧上那些锋利的锯齿看一眼，就把椰肉绞得粉碎。

  碎椰肉从刮刀中间的洞口纷纷落下，就好像在圣诞老人的国度里飘飞的雪花，妈妈总是这样说，这是她的妈妈告诉她的。她重述着自己母亲的话，好再度聆听她的声音。同样地，每次看到小男孩把空易拉罐当足球踢，妈妈一定会喃喃念着"londi"，跟她的母亲一样。

这是我学会的第一个法语单词，"londi"。在越南语中，lon 的意思是易拉罐，di，则意味着离开。两个音连起来，在那个越南女人耳中组成了"lundi"这个法语单词，星期一。妈妈用同她母亲一样的方式教会我这个单词：她让我用手指着易拉罐，然后抬脚把它踢开，念道，"lon-di"，星期一。星期一，一周中的第二天[1]，对她来说是最美的，因为还没来得及教会她其余几天的念法，母亲就过世了。只有星期一这个词，跟母亲那个明亮和刻骨铭心的形象联系在一起。剩下的六天则没有任何参照，因而彼此相似、面目模糊。所以妈妈总是把"星期二"和"星期四"混为一谈，有时又把"星期六"排到"星期三"前面。

thứ 2
星期一

thứ 3
星期二

thứ 4
星期三

thứ 5
星期四

thứ 6
星期五

thứ 7
星期六

chủ nhật
星期天

---

1 星期一在越南为第二日，以此类推，星期六为第七日，星期天为主日（可以说是第一日）。

ớt hiểm
魔鬼椒

　　不过，在母亲去世之前，还来得及教会她用手掌挤压在热水中浸泡过的碎椰肉，榨取椰汁。母亲们总是小声将烹调的技巧传授给女儿，讲悄悄话一般，免得菜谱被邻居偷听，用同样的美食抢走自家男人。烹饪的传统于是就这样秘密地传承下去，就好像魔术戏法经由师傅和学徒代代相传，一步一个脚印，遵循日常的节奏。按着自然的顺序，女儿们学会了用食指的第一节测量煮饭用的水，用刀尖把魔鬼椒雕凿成无害的花朵形状，顺着果肉的纤维从底端到尖头剥去芒果皮……

就这样，我从妈妈那里学到，市场上卖的十几个品种的香蕉里，只有"美人指"压扁时不会碎，冷冻后也不变黑。到蒙特利尔后，我为丈夫准备了这道阔别二十多年的点心。我希望他重新品尝到花生和椰子搭配在一起的独特滋味，在越南南方，这两种配料在甜点和早餐中一样不可或缺。我本希望就这样一心一意地服侍和陪伴丈夫，就像花生和椰子的味道，因为天长地久的陪伴，反倒不再引起味蕾的注意。

chuối·香蕉

> chǒng
> 丈夫

妈妈把我托付给这个男人，出于母爱。同那位尼姑——我的第二位母亲——一样，她为我的未来着想，把我交到现在的母亲手上。妈妈预感到死亡将至，便要为我找一个丈夫，像父亲一样的丈夫。一天下午，由她的一个朋友做媒，把他带来家里。妈妈叫我上茶，再没有别的。我没看男人的脸，甚至把茶杯捧到他面前的那一刻，都没有看一眼。我的目光不重要，只有他的才作数。

他远道而来，并没有多少时间。好多人家上赶着把女儿介绍给他。他出身西贡，但二十岁上就随小船离开了越南，作为船民[1]。他在泰国的难民营里度过几年时光，后来又去了蒙特利尔，在那里，他找到了工作，却难以找到完整的家的归属。他在越南生活了太久，无法成为一个加拿大人。不同的是，在加拿大生活了许多年的人，却很容易就能重新做回越南人。

thuyền nhân
船民

---

[1] 越战末期（上世纪70年代后期）乘船逃离越南的难民。

văn hóa

文化

他从餐桌前起身，走向门口的步伐那样犹疑不决，迷失在两个世界之间。他不知道应该在女士之前还是之后跨过门槛。他也不知道最好自己宣布决定，还是由媒人开口。他跟妈妈说话时的犹豫令我们灰心。他乱七八糟地管她叫着"大姐"(*Chị*)、"婶婶"(*Cô*)、"伯母"(*Bác*)。没有谁认真去计较，因为他是外来人，在他来的地方，人称代词的存在模糊了每个人的身份。但越南语中没有这些代词，与人交往的第一刻起，便不得不建立起一种位置关系：年纪轻的人要尊重和顺从年长的人，而年长者也要给予年轻人建议和庇护。只消听过这两个人的对话，一个越南人便有可能猜出，比如，年轻的那个是他母亲的哥哥的侄子。同样，哪怕两人之间没有亲戚关系，也听得出年长的那个是不是比年轻人的父母年纪大。回到我未来丈夫的情境，如果他叫我妈妈"伯母"，便是在隐晦地表示对我的兴趣，因为"伯母"这个称呼是把妈妈提升到他父母亲的辈分，也就是暗示岳母的地位了。但是，对于所有这些东西的不确定，使他陷入迷茫。

出乎意料的是，他第二天又带着礼物上门了：一台风扇、一盒槭糖饼干、一瓶洗发香波。这一次，我被要求坐在妈妈和媒人之间，对面是男人和他的父母。他父母在桌子上展示他的照片：他手握汽车方向盘；他站在郁金香花丛前；他在自家经营的餐馆里端着两个大号汤碗，大拇指几乎要戳进热汤里……那么多包含他的照片，每张都是孤零零一个人。

quạt máy
风扇

hoa phượng
·
金凤花

　　妈妈同意把第三次见面安排在后天。他请求跟我单独待一会儿。在越南，像法国那样桌椅朝向街道的露天咖啡馆，只有男人能去。没有涂粉底和粘假睫毛的女孩是不喝咖啡的，至少不抛头露面地喝。我们本打算在邻近的公园喝榴莲冰沙、人心果冰沙，或者木瓜冰沙，但是那些有蓝色塑料凳子的角落，似乎是专供女学生们暗送秋波和小情人间羞答答地牵手的。而我们，只不过是未婚夫妻。于是整个街区只剩下教师公寓——我们也住在里面——前的粉红色花岗石长凳可去，在校园里，一棵茂盛的金凤树下，花开得繁茂，压满枝头，树枝纤细优雅，仿佛芭蕾舞者伸展的手臂。艳红的花瓣铺满长凳，他拨开一块空间坐下。我站着看他，心里遗憾：他看不到自己被繁花环绕的样子。就是在这一刻，我知道我会一直站着，他永远不会想到在自己身边为我辟开一个空位，因为他只是一个孤零零的男人，一个被抛弃的人。

我把酸橙盐汽水递给他，那是妈妈为他准备的。他本人就像那颗酸橙，被盐水浸成褐色，被阳光灼得发烫，正在随着时间的流逝变质，他原本并不显老的眼神正在衰老，几乎要模糊褪色。

"你见过松鼠吗？"

"只在书上见过。"

"我明天就要走了。"

"……"

"我会写信给你的。"

"……"

"我们会有很多孩子。"

"会的。"

他把对折的信纸交给我，上面手写着他的通信地址。他离开了，缓慢地迈着平凡的步子。从前那个将写着诗的信纸——同样是对折着——交给妈妈的士兵，也是这样离开的：

我给你
我从未经历的生活
我只能梦想的梦境
在多少个不眠夜里

con sóc
松鼠

我任其荒芜的灵魂

我向你奉上
我从未写就的诗句
满怀的忧愁
我不曾见过的云彩的颜色
寂静无声的欲望[1]

---

[1] 越方：《门已开》，选自《诗集》，2008。——原注

他名叫方。从他踢掉木屐玩滚球游戏起，妈妈就认得他了。妈妈之所以注意到他，是因为每次她在放学路上经过他身边时，他就会失了准头。队友说是妈妈给他带来了霉运。他呢，他在等待自己的好运，在每一天的同一个时刻，即使当时还不知道自己等待的究竟是什么。直到第一次看见她穿着奥黛出现，他才终于能够确切地说出这种等待的名字，那条白色的奥黛是妈妈新学校的制服，在肩膀和左胸之间缝着名牌，她的名字被绣成蓝色。她从远处走来，长袍的下摆被风吹起，宛若一只翩然起飞的蝴蝶，要飞去不为人知的所在。从这一刻起，他每天都等待她放学，远远跟着她，直到家门口。

ào dài
奥黛[1]

---

1 越南国服。

guốc

木屐

很久之后,他才第一次同她说话。那时,妈妈的鞋跟断了,是她同父异母的弟妹筹划的恶作剧。他本能地奔向她,把自己的木屐脱给她,又带着断掉的皮鞋跑掉了。他去了做棺材营生的堂兄家,打算把鞋子修好,吃惊地发现木头鞋跟上有锯子锯过的痕迹。第二天,他在法官宅邸前那株三角梅下等她,盛开的花让肃穆的金属大门也显得温柔起来。刚一看到她踏上小径的石板,他就弯下腰,把皮鞋放在大门口,摆成便于她穿的方向。他又远远地退开些距离,为了不玷污她的名声。她换上皮鞋,把方的那双木屐好好地摆放在自己的脚印之上,是那双木屐让她继续走完回家的路,没有弄脏脚,没有停止不前,也没有哭泣。

自从方的影子跟随着她的影子，妈妈下雨天再也不用在被针戳成筛子的伞下流泪。因为在第一滴雨落下，甚至她抬头看见第一片乌云之前，方的伞便会来保护她。于是她总是举着两把伞，一把叠在另一把上面，而方淋着雨，走在她身后三步开外的距离。他从来没想过跟她同撑一把伞，因为那样她乌黑柔顺的长发可能会被雨水沾染，失去光泽。

在那座桂圆树、番木瓜树和菠萝蜜树枝繁叶茂的花园围墙之外，方无法听懂妈妈的沉默。除了仆人，没人知道她那些同父异母的弟妹竟会以折断她的梳子齿，或是趁睡觉时剪掉她一绺头发为乐。妈妈成功地说服自己相信，这些事并不是他们所为，又或者，他们做这些事只不过出于无害的天真；而她缄口不言正是为了保护这份天真，还有她父亲的天真。她不想父亲看到自己的孩子互相伤害毁谤，因为作为法官，他已经见证了自己的祖国、文化和同胞的分裂之殇。

Mẹ Ghẻ
继母

原配妻子猝然离世后，父亲本无意跟第二任妻子生儿育女，因为这样，一来新人不可避免地会成为继母，Mẹ Ghẻ，"冷漠的母亲"。然而，他还没有儿子，一个让父亲和祖辈的姓氏得以绵延的儿子，祖宗们端坐家祠祭坛之上，庇佑着他，也监督着他。于是，这个"冷漠的母亲"履行了妻子的责任，为他生下儿子，同时也扮演起白雪公主、灰姑娘和所有失去母亲的公主的继母的角色。

在越南语中，ghẻ还有"恶毒"的含义。所以，为了配得上这个令人不快的头衔，为了不枉担"恶毒母亲"的虚名，继母教会自己的孩子憎恶妈妈和她的姐姐们，教会他们在原配和继室之间划出界线，教会他们不与异母姐姐们为伍，尽管他们都长着一模一样的鼻子。我有时暗想，越南语中的"恶毒母亲"，如果像法语中那样被称为belle-maman，"漂亮妈妈"，她行事会不会少一点刻薄呢？对妈妈的姐姐们的美貌，她会不会少一点嫉恨？又会不会迟一点嫁她们出门？

年纪更小的时候,妈妈一边等待着安排好的婚事轮到自己头上,一边从念珠般的大米中挑拣出石子和沙粒,继母禁止厨房的下人帮她,为的是教她知进退、守规矩。她尤其学会了顺从、沉默,甚至无声无息。母亲过世的时候,人们告诉她,母亲终于偿清了在地上所欠的债,因而得以离开。所以,妈妈把石子当作欠债的一部分,当作阻碍她飞走的重负。她怀着变轻盈的希望,剔除一颗颗石子。日复一日,一餐接着一餐,她欢欣地看着用来盛放这些杂质的罐子渐渐变满。她把罐子埋在芒果树下,挨着装有《一生》的饼干盒。这本莫泊桑的小说是她从母亲的藏书中拯救出来的。为了让吊床周围的空气流动,继母清空了书架。也许继母是对的,因为自那之后,悬在天花板上用作扇叶的布帘,总是掀起风,吹到熟睡的父亲身上。

san
石子

quat 扇叶

拉动绳子，让扇叶从左到右有规律地摆动，赶走暑热，又不打扰父亲的午睡，这一向是妈妈的差事。她喜欢这专属于自己和父亲的片刻时光，她相信这重复的轻柔的动作安慰着父亲，使他确信自己家族的和睦。

有时，他忧虑到无法合眼，便叫她背诵《传翘》[1]，一位少女牺牲自己拯救家族的故事。有人说，只要这首三千句的长诗依然流传在世上，任何战乱都不会使越南这个国家灭亡。也许正因如此，一个多世纪以来，哪怕是目不识丁的越南人，也能背诵整首诗。

妈妈的父亲要求所有子女将这首诗铭记于心，因为作者在诗中描绘的贞洁与牺牲，是所有越南人灵魂的底色。妈妈的母亲则更看重诗的开头几句，它们提醒看官世事瞬息万变，顷刻间天翻地覆。

---

1 越南长篇叙事诗，18世纪到19世纪间，越南阮朝诗人阮攸根据中国明末清初青心才人章回小说《金云翘》改编，用越南本民族文字喃字写成3254行的叙事诗。越南通常称其为《传翘》或《断肠新声》。

人生不满百,
才命两相妨,
沧海多变幻,
触目事堪伤,
彼啬斯丰,原无足异,
红颜天妒,事亦寻常。[1]

---

[1] 阮攸:《金云翘传》,黄轶球译,人民文学出版社,1959年。

nhân dạng
身份

妈妈的生活天翻地覆，是在两个阵营之间的埋伏点爆发出第一声枪响之后，在东方和西方这两股势力之间，在要求独立的抵抗联盟和临时政府之间——他们在学校里教眼睛有蒙古褶的越南孩子说"高卢人是我们的祖先"，全然罔顾两者之间的不协调。在最初的枪林弹雨降落到人们身上的时候，妈妈正坐在湄公河上往来穿梭的一艘船里。所有乘客本能地趴下躲避。第一阵寂静中，妈妈条件反射地抬起头，接下来是第二阵刀枪林立。她的邻居老头儿，牙齿稀落，鸡皮鹤发，却目光矍铄，低头命她把身份证件都丢出船舷："想活命，就要丢掉你的身份。"

接下来的日子便是骚乱。孩子们祈求父母醒来的哭声，母鸡在柳条筐里扑腾的咯咯叫声、物件砸落、左右滚动的声音，它们交织在一起，成为一首特殊而嘈杂的恐慌之调；这恐慌是陌生人的，但更多是熟识之人的。日常生活的空隙里，夹杂进兵荒马乱，同跳绳的小女孩呼吸着一样的空气，同斗蚂蚱的小男孩共用同一个空间。人们习惯了白天向政府官员缴钱，夜里给抵抗军纳粮。他们悄无声息地行走在两条射击线之间，避免踏足任何一方的领地——尽管这领地的分界线既看不见，又瞬息万变。他们保持中立，两边讨好，就像父亲爱着两个针锋相对的儿子。

由于没有证件，当手拿武器的男人让她站起来跟他们走时，妈妈得以继续保持中立者的身份。刚走三步她就昏了过去，因为她看到自己的白色奥黛上血迹斑斑。她以为自己被击中了，事实上那是其他乘客的血，包括那位被枪口指着、被枪托暴击仍旧不为所动的邻居。

hai làng đạn
两条射击线

kiên nhẫn
·
忍

　　妈妈在一座稻草房的角落醒来，周围是亲切熟悉的声音。耳边炭火爆裂的噼啪声、水椰叶子的窸窣声，还有窃窃私语的人声，不时被狗的吠叫和刀有规律地剁在木板上的切菜声打断。切碎的柠檬香气扑鼻，好像母亲的手轻抚着她的面颊。就这样，她不再感到恐惧。然而，当她睁开眼睛，看到的是离奇而陌生的世界。在这座村子里，"女人""男人""婶婶""叔叔"都不复存在，有的只是"同志"。她成了"忍"同志，这个她在睁眼之前为自己取的名字让她脱离家族，轻装前行。这个名字几乎是自然而然地浮现出来，这个词，她过去在同父异母的弟妹的成盆的脏衣服前重复过几百遍。面对每一处他们故意弄在白色棉布上、向印着 72% 标志的马赛皂挑战的污迹，她都低声念一次"kiên nhẫn"——"忍耐"——这是她的咒语，或者说，这是她的自我救赎，因为在这之后，她便听到，涂了肥皂的湿润布料的摩擦声变成令人着迷的旋律。

　　她在这座村子里住了五年之久，以"忍"的身份；她的名字像其他所有人的名字一样，被赋予了意义。有人选择叫"志"（志向），有人选了"国"（祖国），还有人选"勇"（勇气）和"平"（和平）。

他们无一例外丢弃了从前的"兰"、"芽"、"雪"。

她或许有机会逃走,回到自己的家,因为村子里既没有围栏也没有铁丝网。没有人折磨她。没有人束缚她。也没有人审问她。他们只是要求她长篇大论地阐述什么是爱国主义、勇气、独立、殖民主义,还有牺牲。他们不问她父母的名字、兄弟姐妹的数目,甚至从不打听她的本名,因为抵抗联盟的成员们早已为了共同的事业弃绝家庭,前者的光芒使得个人的生活黯然失色。与她不同,这里大部分人是自愿加入抵抗联盟的。她感到羞愧,因为她从来没有对这个国家产生过像其他人一样的爱,尽管这也是她自己的祖国。她感到羞愧,因为她之所以愿意留在这块看不见的分界线内的领地,是为了保护家人,如果她在敌对的阵营生活过后又回到他们身边,整个家族都会遭到怀疑和指控。她留在那里也是为了她自己,为了不用讨生活。在这座村子里,她只需要顺从安排就好。

一开始,她只是按规矩负责厨房和医护小组。后来,当脚上布满老茧和年久日深的伤痕,她便一连走上几个星期,到丛林深处制造地雷的人那里,帮他们把化学课本从法语翻译成越南语。一天,她奉命跟随一个穿棕色越式衬衫的同志。那个人把她带到市场,在那里,一个身穿褪了色的薰衣草紫短袖袢的女人交给她一副扁担:一头的篮子里装着空心菜,另一头是山药。她把竹竿担在肩膀上,硕大的根茎蔬菜让整个扁担向后倾去。妈妈一下子失去了平衡,费了好一会儿工夫才让两头的重量跟自己的脚步协调一致。她混在人群中通过了桥上的检查点。下桥走了几条街,那个紫衣裳的女人便不见了。但没走多远,又有个女人拉住胳膊招呼她。

"姑娘,你今天卖的山药糯吗?看着卖相不错。我儿子刚拔了牙。我想给他煮山药粥,代替米粥。我儿子挑嘴得很。但他是个好孩子。我不想削山药,太扎手了。你能帮我吗?到我家去帮我削山药?来吧!跟我来。"

她跟着女人走了,就这样毫不知情地成为抵抗联盟的间谍。

妈妈在那女人家的厨房睡了几个星期后,重新被转移到另一户需要她的人家。途中要经过一片榴莲种植园,透过那些笨重带刺的果实——幸好它们只会在深夜掉落——她看到父亲正在跟两个男人讨论着什么。本能地,她想要奔向父亲,就像小女孩时那样。领路人看到她的笠帽向后滑落,不受遮挡的眼睛里流露出冲动。在身体转向视线的方向之前,妈妈听到一声"Đùng"。领路人没有说"不要""停下",或者"快走",而是说"忍住"。她转回了身体。五年间,父亲看起来苍老了许多。他依然保持着法官庄重的仪态,但是他的脸颊凹陷了,仿佛失去了笑肌。她怕他看到自己,因为那样他就要背负多一份的重担,解决多一桩的困局,尤其是,要对当局的上百个质询给出答案。

这是妈妈最后一次看到父亲:在越南人称为"*sầu riêng*"的榴莲树下。直到那一天,她才意识到组成这名字的两个词,字面意思是"个人的悲伤"。人们一直忽略这一点,大概是因为这些个人的悲伤就像榴莲的果肉一样,被严密地封存起来,包裹在竖起刺的外壳之下。

trăng・白

我从不知道自己的生父是谁。在那些搬弄是非的风言风语中，我父亲是高大的白人殖民者，因为我鼻子精巧，皮肤白皙。妈妈总说她一直盼望我生得白净，像越南卷粉一样白净。她带我去卖卷粉的商贩那里，滚着沸水的大锅上直接罩一层棉布，我看着摊主把米浆浇在布上，用长柄大汤勺的背面摊开，涂满整块布。不出几秒钟，米糊就变成薄薄一层透明的面皮，这时她便用磨得长而纤薄的竹刀将它挑起。午睡时把面皮敷在女孩脸上，就能让皮肤有雪的晶莹和陶瓷的光泽，妈妈说她是唯一知道这秘诀的母亲。就好像莲花出淤泥而不染，我永远不能放纵自己玷污这份洁净。

妈妈还把让鼻子变挺的秘密教给我。亚洲女人为了让鼻梁骨挺拔，会往里面注入硅胶，可妈妈只需每天早上轻轻捏我的鼻子九下，它便生得像西方人一样了。这就是我名叫"满"的原因，它意味着"全部充实"，或曰"圆满"、"满足"。我再没有更多所求，这个名字将我置于心满意足的所在。不像莫泊桑笔下的约娜[1]，她在离开修道院时，梦想着抓住生命中所有的幸福，而我，则是没有梦想地长大。

---

1 莫泊桑小说《一生》的主人公。

妈妈懂得怎样在风浪之下为我们打理好宁静的生活。在蒙特利尔，在丈夫餐馆的后厨，我重新找到了这浮潜在水下的空间。排油烟机持续不断的噪音隔绝了外面世界的动荡变化。时间不再以分钟和小时计，而是靠从金属窗框的缝隙里塞进来的点菜单来标记。夏天，难以平息的酷热打乱白日的流逝，甚至改变风的方向。冬天，通向院子的防火门永远关着，厨房成了一只保险箱。清洗排油烟机的工人是唯一给这里带来一丝生气的人。他总是很用力地砸门，好像有什么不满似的，事实上他只是行色匆忙，因为下订单的雇主催得急，妻子又不愿因为帮他而弄得满手油污。正是他教会我用天气寒暄。

"天气真好。"

"天儿真热。"

"上冻了。"

"下雪了。"

"刮风了。"

"落雨了。"

câu hỏi
·
问题

在越南南方，我们从来不会说起天气。我们不做任何评论，也许是因为那里根本没有季节的变化，就像我的厨房一样。又或者，是因为我们逆来顺受地接受了一切，从不会问因何如此，又该如何自处。

有一次，透过上菜的窗口，我听到几位当律师的客人说，只有早有答案的问题才值得被提出，否则还是闭嘴为好。我从来不曾为自己的问题找到答案，或许正因如此，我从不提问。我只是沿着连接炉灶和床铺的楼梯上下往返。丈夫为我建造了这个楼梯间，好在冬日里阻隔寒冷，好时时刻刻阻隔外面的危险。

刚到蒙特利尔时，餐馆的菜单很简单，就像越南小街上的那些餐馆一样：每家只卖一道菜，特色菜。在河内，老街区里小街纵横交织，每条街专卖一种东西：河粉街、墓碑街、五金街、盐街、折扇街……如今，面纱街上可以买到竹梯，大麻街上可以买到绸缎衣裳。但手艺人仍像从前一样，继续一家挨着一家，贩卖着同样的货品。妈妈和我曾经在河内一条卖药草鸡的小街上短暂地住过些日子。临街的两排小店中，我们最喜欢的是那家三层露台、环绕一棵大榕树而建的餐馆。

ǎn hàng
小吃街

dǎng
·苦

丈夫第一次生病时，我为他做了这道菜，需要将鸡佐以莲子、白果仁和干枸杞慢慢炖。人们相信，莲子中含有延年益寿的成分，白果则可以强健神经细胞，因为银杏叶有着大脑的形状。至于枸杞，它的药用功效早在国王和公主的时代就被记载在医书中了。这道菜的疗效大概也来自精心的准备。除了文火慢炖，白果壳得用力夹碎，又需要细心谨慎，完整地保留果肉。同样，还得把莲子绿色的莲心摘掉，去除苦味。

在我们那儿，人们很少去除苦味，因为这种味道通常存在于我们视为"凉性"的食物中；与芒果、辣椒和巧克力不同，它们不会让人上火。人们相信，对于那些太容易取悦我们的味道，应当克制，因为它们对身体有害；而苦味则帮助我们恢复平衡。我也许不必把每一颗莲子都剥成两半，剔除莲心，毕竟有些人还用莲心泡水喝，据说有助睡眠。但是我想远离极端，包括极端的味道，和极端的感情。

丈夫发烧的那三天里，我一口一口地喂他吃饭。在越南，当人们弄不清楚死因时，便归罪于风，好像着了不干净的风会让人送命。于是我让他脱掉衬衫，用涂了几滴老虎油的瓷勺子刮他的背，祛除邪风。我从来不曾这样近地看过一个男人背上的肌肤。勺子沿着脊柱在骨骼间刮擦，描画出他的整个骨架。暗红的伤痕浮现在皮肤上，带走高热，或许也带走所有那些他不曾感受到的病痛。我把刮痧的动作重复了上千遍，为了照顾一个陌生人。他已是我唯一的依靠。我多希望，我的手抚过他的皮肤便能让他恢复健康。然而，我只能替他盖上毯子，让他发汗，那条毯子从中国工厂来到我们的公寓，依旧散发着漂洋过海的味道。

cạo gió
祛风

cà phê
咖啡

  刚一恢复下床，丈夫就重新回到餐馆，照旧为客人端上一碗碗越南米粉。他们许多是独自讨生活的男人，等待着在越南的妻子来团聚，或者等待攒够机票钱。大多数人每周来三四次，吃一碗粉。周六或周日的清晨，在开门营业之前，他们跟我丈夫一起品一杯滴漏咖啡，这些人的漫长的等待，恰恰像咖啡液一滴一滴落在杯底炼乳上的过程。我为所有人准备同样的早餐，但根据在我脑海中进行的穿梭在越南大街小巷的虚拟旅行，菜谱每天都有变化。

  我有一次在书上读到，在日本，每座城市都有自己的特色糕点。男人们出差时会带一盒当地点心回家，作为礼物。但有时，他们并没有离开自己居住的城市，而只是离开妻子，短暂地与情人约会。他们偶尔会允许自己这样做，像度假一样，从日常生活中抽身离开。于是，预见到这种情形，有些店铺会售卖不同城市的特色糕点。

  跟日本一样，又或许所有地方都是如此，越南的城市和乡村也有各自的特色美食。只消在脑海中回到堤岸区——西贡的中国城，我就有了点子，为客人端上一盘番茄酱小肉丸：切碎的猪肉搓成丸子，穿在小肋条上，缀上薄薄一层番茄酱入锅蒸熟。自然，这道菜是配着法式长棍面包一起上的，法国一直在越南烹饪传统中占有一席之地。日复一日，丈夫的那些食客朋友接过我端上的饭菜时，目光变得越来越有神采。

他们当中有一个人的故乡在迪石，一座海滨小城，那里的人发明了一种鱼汤粉，配着猪肉和虾籽酱焗虾吃。我往他碗里撒了一小勺醋蒜汁，看到眼泪顺着他的脸颊淌落。他偷偷告诉我，那碗汤底让他品尝到故土的滋味，他长大的故土，那里有爱着他的人。

店里忙碌的假日，那些已经成为朋友的熟客便只点一碗米饭，上面卧一只荷包蛋，淋上酱油汁，就这样带着平静的幸福感，开始一天的假期。

几个月间,起初独自上门的客人渐渐开始带着同事、邻居、朋友一起来吃东西。越来越多的人等在前厅,继而是门口,甚至门外的人行道上,我也在厨房里度过越来越多的夜晚。很快,他们不再点北圻汤河粉,而是期待我的每日特色菜,尽管在来到店门口、读到橱窗前挂着的小黑板上的字之前,他们也不知道菜单是什么。每天只能选择一道菜。每天也只能选择一个回忆,因为我要花费多少力气,才能让泛滥的感情不溢出那只小小的盘子啊。每一次不小心打翻盐罐,我都要克制自己不去数地上的盐粒,妈妈总是这样做,因为那时她每天只有三十粒盐可用。幸好,越来越多的客人让我不得不飞快转开眼神。

很快，客人就多到连碗碟都洗不过来了。于是丈夫雇了个越南小伙。他脸上挂着大大的微笑走进门。那种讨喜的好脾气，不等开口说话就感觉得到，就好像爆米花炸开来之前就在锅里翻腾。他一边从口袋里掏出黄色橡胶手套戴上，一边欢呼："嗒啦！"我禁不住大笑起来，我相信自己绝对发不出那样率真自然，尤其是那样响亮的欢呼。他很快就成了我的弟弟，他好像永远不会熄灭的太阳，哪怕生活布下难以逾越的考验。他一有空闲就学习：脑袋浸在洗碗机的蒸汽里背诵物理公式；把元素周期表贴在陶瓷墙砖上；在要分析的小说空白处标注每一个单词的释义。即便这样努力，他的哲学和法语还是一次又一次地不及格。我们认识时，他还剩最后一次机会。好多个夜晚，我都在读他的功课，修改他的作文。

hồn nhiên
自然

识字之后，妈妈每晚都要求我听写，即使停电也不曾中断。她在油灯的微光下为我读一本莫泊桑的小说，那盏灯只有玻璃杯大小，我们交换位置，轮流借用那点火光。每念一个句子，我便要做逻辑分析、语法分析，接着是句法分析。临睡前，妈妈把那本书藏在金属箱子最深处，因为那时外国书籍是违禁品，尤其是小说，或者说，那种肤浅的虚构故事。

得益于这些训练，我才能替我的太阳弟弟准备哲学老师留下的十个问题。其中一个会成为考试题目，天知道是哪一个。我索性拟了全部十个答案，让他背下来，因为我越南语的讲解并没有帮助他理解。就这样，他拿到了毕业文凭，找了一份工作，仍旧在周末到我这里搭把手。一天晚上，他对我说，那个清晨，工厂新招的年轻姑娘从他身边经过。他没有转身看我，自顾自把一口大锅丢进厨房的洗涤池，用来模拟从头到脚贯穿他身体的电流。他套着黄手套的手臂举在空中，一动不动，仿佛被闪电击中。我目瞪口呆地望着那副鬼迷心窍的样子，觉得他大概是疯了、痴了。但他只不过是陷入爱情。我从没经历过这样的爱情，自然识别不出。然而，我却被他欣快异常的漩涡裹挟着，扮演起西哈诺·德·贝热拉克[1]，去帮他赢得一个素昧平生的姑娘的爱情。

sét
.
闪电

---

1 《大鼻子情圣》里的主人公。

她名叫白，是越南人，才来没多久，依旧满怀乡愁，依恋着她远在越南最南方的故乡村庄。她住在蒙特利尔郊区的姑妈家，那是座一尘不染的大房子，每个房间都配了专属拖鞋，每块砧板都有各自不同的用途。姑妈收留了白一家六口。但白宁愿留在金瓯，继续跟朋友们一起在出口的桌布上绣花。姑妈说服了白的父母，劝他们应当放弃毫无指望的日子，牺牲自己，为儿女换得有教养的生活。白就这样来到那家生产电子板的工厂。焊接线路对她来说易如反掌，那双巧手早就熟于穿针引线。

一开始，我的太阳弟弟从后厨带吃的给她：木薯糕、蟹肉炒饭、花菇姜汁鸡……第一次被允许送她回姑妈家那天，他跑到我面前，开心得大喊大叫，身上洋溢着一股永不凋零的青春劲儿。终于，他成功地求了婚。她之所以答应是因为他为自己省去了每天四小时的公交车程，还是因为她最终选择接受被爱的生活？我不得而知。总之，婚礼在即。

我自告奋勇承担了订婚仪式的准备工作。因为太阳弟弟的父亲每周要在生产刹车板的工厂工作六十小时，还要送十个小时披萨外卖；而他母亲则被偏头痛和止疼药折磨得像羸弱的芦苇，一丝风就让她摇摇欲坠。有时候，耳语时吹到脸颊的气息就足以晃动她，让她饱经风霜的前额现出皱痕。按照传统，送去新娘家的聘礼要用半透明的红纸包好，但这些没法在他家里准备，因为每一个动作，每一声折纸的响动，都让她头痛欲裂。为了避免这一切，我们把大本营安在了餐馆大堂。

mâm
·
聘礼盘

hạnh phúc

・

喜

　　订婚仪式前夜,满室尽是大红。这不是爱情的红,而是喜气的红。出于迷信,一应聘礼都要裹上这代表好运的颜色,因为所有新人都需要许许多多的运气,才能达成平衡,两个人一起经营唯一和共同的婚后生活,支撑彼此去做人生中其他的事情。我们不是祝愿他们拥有花好月圆的爱情,而是愿他们收获喜气,双倍的喜气:囍,两个一模一样的喜字紧挨在一起。谁也不愿冒险,于是每个聘礼盘上都盖着火红的喜帕,上面绣着"囍"字,无一例外。

　　可喜的是,年轻的新人并不像前人那般忧心忡忡。他们一心只想着庆祝,他们相信,好运毫无疑问会随着婚姻而来,或者相反,婚姻是他们好运的水到渠成。

为了分担后续的工作,为了生命的自然循环,丈夫招呼店里的食客朋友组成迎亲队伍,在婚礼当天的清晨把聘礼盒送到新娘家。身强体壮的人负责搬运烤乳猪,其他人则分担盛放茶叶、酒和糕点的漆盒。珠宝首饰、满满当当的小米酒壶、盛放蒌叶和槟榔果的漆盒被托付给新郎的堂兄弟。如今,还在嚼槟榔的越南人已经不多了。但在仅仅不到一百年前,越南人还手捧螺钿木盒招待客人,盒子里装着圆柱形的研钵,用来把槟榔果捣碎,然后包裹在刷了薄薄一层石灰的蒌叶里咀嚼。嚼惯这一口的人会说槟榔提神的效果类似于咖啡,新手则会头晕目眩,仿佛醉酒一般。那种感觉是随着咀嚼慢慢显现的,唾液随之被染成红色,那是陶醉的红、爱情的红,因为这一次,红色让人想起那个关于永结连理的故事。

传说有这样一对双胞胎兄弟,他们爱上了同一个女人。最终,哥哥娶到了心上人,而弟弟伤心欲绝,为了不被哥哥看出来,他离开了村子。满怀爱恋的弟弟走啊走啊,直到筋疲力尽,直到变成一块石灰岩。为了寻找弟弟,哥哥踏上了同一条道路,他在弟弟所化成的岩石边力竭而亡,变成一棵槟榔

trầu cau

槟榔果

树。妻子循着他们的足迹来到了相同的地方，变成长着心形蒌叶的藤蔓。就这样，藤蔓缠绕着槟榔树，槟郎树荫蔽着石灰岩。我常常奇怪，这场以悲剧告终的三角恋究竟为什么会成为幸福婚姻的象征？我觉得，我们大概是会错了意。祖先之所以把盛放槟榔蒌叶的漆盒安排在迎亲队伍最前列，为的是警醒新人，注定无望的爱情多么危险。又或许，是为了让我们知道，爱情是致命的。

新人匍匐在地上，鼻尖贴着地跪拜，这一切毫无意义。因为高悬在祭坛墙上的先祖从不把真正的道理讲给他们听。他们只满足于望着香烟袅袅，古老的仪典代代相传。他们知道，终有一天，婆婆不会再为新妇戴上耳环。如今，已经很少有人记得，在订婚典礼上，母亲会给新娘戴上缀着小金球的耳坠，取的是含苞新芽之意。而在婚礼当天，新娘会换上形似绽开花朵的耳坠，寓意从少女到少妇的盛放。

lại tổ tiên

祭祖

tiễn đưa

送别

　　我只从夫家得到一个信封。但这个信封价值千金，里面的机票许诺我他乡，在那里同一个陌生人开始未知的生活。因为我没有父亲，也就没有所谓的先祖，所以大家觉得还是免去仪式为好。我从机场出发，跟普通旅客没什么不同，身边并没有送亲的亲朋好友。航站楼里挤着上百名乘客，老人、小孩、泪水、诺言，所有人都沉浸在离愁别绪当中。在那些年，离人并不指望落叶归根，他们只能许诺永不相忘。跟那些寄望孩子惦念与感激的越南母亲不同，妈妈要我遗忘，忘掉她，因为我有机会重新开始，有机会轻装离开，有机会，重生。但这不可能。

两个越南人相识之初,故乡和族谱总是作为打开话匣子的话题。因为我们坚信,先辈的曾经,就是我们的现在;我们的命运,是对先人生命轨迹的回应。那些最年长的人,他们知道我外祖父的名字,或者曾与他本人相交。年轻一些的还能记起母亲的兄弟姐妹,知道我跟他们一点儿都不像。他们羡慕我纤长的小腿,却认定我过分突出的身材曲线背后,有什么非同寻常的故事。只有那些收养了越南孤儿的魁北克客人敢带着一无所知的眼神走向我,递给我一张白纸。

gia đình
家族

tình bạn
友谊

　　朱莉是第一个把头伸进我出菜窗口的人。她大大的微笑从窗口一边一直延伸到另一边。仿佛发现了人类第一个吻痕的考古学家，她热情地同我打招呼。只在一瞬间，话未出口，我们已经成了朋友，相识日长，我们成为姐妹。她像领养她的女儿那样接纳了我，不曾对过去提问。有些下午，她带我去电影院，或者在她家看老电影。她拉开冰箱门，根据当天的心情随意拿东西给我吃，从烟肉三明治到猪肉馅饼，从番茄酱到奶油酱，还有芹菜、大黄、野牛肉、穷人布丁、醋泡鸡蛋。有时，朱莉来餐馆跟我一起做饭。我教她把糯米包进层层叠叠的香蕉叶，叶子要压结实，但不能过紧，否则米就没办法呼吸了。总之，要把握脆弱的平衡，指尖的感觉只可意会，不可言传。

　　每年一月底，我都要像这样准备好几打年粽，因为丈夫希望像母亲从前在故乡村子里做的那样，把越南春节的年粽分发给朋友和远房亲戚。在沸水中煮了很久的香蕉叶散发出的香气，把他带回到昔年腊月里、春节前的那段日子，街坊四邻整夜守着小锅添火，锅里满当当地摆放着掺了绿豆泥的糯米卷，油光水滑，泛着淡淡的黄色，宛若月亮。

朱莉经常到餐馆来。她请朋友来吃饭，每月办一次读书会，家人的生日和结婚纪念日更是包下整个大堂。每一次，她都把我从后厨拉出来，紧紧搂着我介绍给宾客。我从前没有过姐姐，她就是我的姐姐，而我也是她女儿的越南妈妈。

<ruby>燕<rt>yàn</rt></ruby>子

一天傍晚,她把一枚钥匙放在后厨的工作台上。我当时正用镊子清理燕窝细丝上细小的杂质,好让它洁白无瑕,不浪费一滴汤汁。这是丈夫从一位中国草药商家里带回来的珍贵发现,一公斤要价几千美金。他说燕子对雏鸟怀有无尽的耐心的爱,因为只有这种鸟儿会单用唾液筑巢。吃下这些燕窝,我们也就更有机会拥有自己的孩子。我来不及把这灵丹妙药的稀罕处讲给朱莉听,她已经拽着我出了门,坚持让我把钥匙插进隔壁大门的锁眼里。我们的历险就这样开始了。

朱莉请来了建筑师和室内设计师，把整个空间改造成烹饪工坊。她拜托因为公事经常到亚洲出差的丈夫从越南寄回一辆旧人力车：金属骨架锈迹斑斑，车座垫也被汗水浸得变了形。墙上，她照着从前中国餐馆的样子，挂了两块木板，上面用汉字刻了对联。她还从顺化订购了笠帽，密匝匝编织的葵丝叶子和十六圈竹编骨架之间镶嵌着诗句，作为开业礼物。她在房间尽头打造了一间巨大的图书室。菜谱和摄影画册整齐乖顺地摆在书架上，就好像在从前妈妈跟我住的公寓楼前，操场上那些立正唱国歌的小学生。沿着墙浏览时，朱莉牵着我的手。幸好如此，否则看见最后一座书架时，我大概会跪倒在地，上面摆满了小说，那些我从前只读过一两页，或者一个章节，未曾得见全貌的小说。

在那些年的政治动乱中，许多法语和英语书籍都被没收了。我们不知道它们最终的命运如何，但确实有些七零八落的书页留存下来。谁也不清楚通过怎样的途径，这些书页抵达商人小贩手中，成为裹在面包、鲫鱼，或是一捆空心菜外面的包装纸……同样没人说得清，我为什么可以幸运地获得这些埋没在泛黄旧报纸中的珍宝。妈妈说，它们是

xích lô
人力车

从天而降的禁果。

正是从这些珍贵的果实中,我学会了许多单词,从弗朗索瓦丝·萨冈的《你好,忧愁》中,我学会了"倦懒";从魏尔伦的诗句里,我学会了"颓然";从卡夫卡那里,我学会了"监狱"。妈妈用加缪《局外人》中的一句话向我解释了小说的意义,对我们这里的人来说,一个女人如此直白地表达欲望是不可想象的:"傍晚,玛丽来找我,问我愿不愿意跟她结婚。"后来,我一直把《悲惨世界》里的马吕斯看作英雄,尽管对他人生经历的前因后果一无所知,只因为有一次,我们每月配给的一百克猪肉包在写着这段话的书页里送来:"生活、不幸、离群索居、无人问津、贫困潦倒,是它们自己的英雄奋斗的战场;这些黑暗中的英雄,远比光芒四射的英雄更加伟大……"

还有许多词，妈妈也不知道意思。幸好我们还有一部"活字典"。那个人年纪比妈妈长，邻居们都把他当成疯子，因为他日复一日地坐在一棵莲雾树下，背诵法文词条和释义。他在整个青年时代都带在身边的那本字典也被没收了，但他仍旧继续翻动头脑中的书页。只要隔着铁栅栏告诉他一个单词，他就能把意思解释给我听。唯一一次例外，当我对他说"闻"的时候，他从悬在头顶的莲雾里挑了最红的一颗，丢给我。

tự điển
．
字典

"闻：用鼻子吸气，感受气味。闻这空气。闻这风。闻这雾。闻这果子！闻！莲雾，在圭亚那又叫作爱情果。闻吧！"

这堂课后，每次吃莲雾之前，我都要先闻闻它泛着紫红色玫瑰光泽的果皮，闻这爱情果纯真的、催眠的清新。正因如此，在朱莉放在图书室桌子正中的大果盘里，从十几种热带水果石膏模型中，我自然而然地挑中了莲雾。我把它举到鼻子前，微凉的气息一下子攫住我，就好像那白色的果肉柔软鲜嫩，是真实存在的。朱莉笑出了声：

"真想闻的话，跟我来。"

她推开大壁橱的玻璃门，十几个玻璃瓶里放满

51

了香料：八角茴香、丁香、姜黄、胡荽子、高良姜粉……必不可少的一瓶瓶鱼露占据着自己的角落，当然还有米粉和米饼。

朱莉一刻不停地在工坊里忙碌，带着我忙碌，围着我忙碌。她说服我开设越南美食烹饪和品鉴课程。我加入了，因为没有人能够抵御她的激情。

生活像一幅朱莉在我面前展开的画卷般迎面而来。一路行进，卷轴滚动，新的色彩和图样出现在眼前。而且，仿佛魔法一般，画面浮现，描绘一个场景，注解一个瞬间。突然间，绘画这个动作变得可以聆听和触摸。同样地，一个声音从我的名字中醒来——"满"，这个碧绿色的词被印在餐盘、包装袋和橱窗上。二十人组成的第一班学员来到工坊，他们围着餐桌重复我讲述的故事，带走我的菜谱，让那个新生的声音响亮起来。因为新的冒险而沸腾的生活也带来了新的生命，终于在我温热的腹腔里驻扎的新生命。

tranh.
绘画

朱莉和丈夫合力为我找到一位长期助手——红。她年纪还没我大,却已经是个十几岁孩子的母亲。她跟她的魁北克丈夫相识在西贡的一家咖啡馆。她是服务员,而他是客人。他给她展示自己的加拿大护照,于是她答应了这场旅行,为了让女儿不必再在她夜半回家时,闻到她衣服上的烟草味和陌生人的抚摸留下的汗味。他爱她,爱这段在越南的时光,在这里,一千美元相当于一百万越南盾,在这里,一千美元足够让他体验永恒之爱。他在自己满是空酒瓶的公寓间里长久地梦想着她。

如果红知道安迪·沃霍尔,她或许会欣赏那些铺满啤酒瓶的墙壁,它们一个挨着一个,仿佛波普艺术装置。不幸的是,她看到的只是一条暗无天日的隧道入口。她身上过长的裙子和平底鞋令他觉得乏味失望,她早出晚归地在工厂工作也成了他责备的理由。她知道他们住的公寓并不属于他,他开的车在大雨中像个老头儿似的咳个不停,一切都跟预想的不一样。但她仍然心怀感激,因为那张约定好的给女儿的小床。于是她挽起袖子,努力抹去丈夫昔日孤独的痕迹,让阳光洒进狭窄的过道,两堵墙壁吞噬了握紧的拳头的冲击,也湮没了愤怒的声音。

红夜以继日地工作,不分工作日和周末。她希望丈夫能像自己一样努力,去发掘更多的客户,跟合伙人一起为更多人家修剪草坪。但有时天气阴沉,丈夫怎么也不肯起床。红就是这样认识了朱莉,因为她不得不一次又一次地代替丈夫站在割草机后。最后一次,朱莉走出家门,送上一杯水,把她介绍给我丈夫,到餐厅帮厨。

一开始,红保持着谨慎的距离。我只听得到她干活儿的声音,效率惊人。幸亏有了她,我才能从厨房抽身,跟朱莉一起去了纽约;整整两个下午,我们待在巨大的图书馆里,几百本菜谱在我们面前摊开。因为时间短暂,朱莉带我在一家餐厅先垫一点儿,然后去第二家来顿正餐,最后换一家吃甜品。她想让我在四十八小时里,了解尽可能多的地方。朱莉熟悉曼哈顿和它形形色色的博物馆,里面保存的画作和雕塑让我眼花缭乱。理查德·塞拉为什么会觉得生锈的钢铁性感?人们是怎么搬运一件比我的厨房还要大二十倍的作品的?他们又是怎样萌生了这样宏大的设想?

朱莉让我看到了日常生活之外的所在，为的是让我看到天边，向往天际。她想让我学会大口呼吸，而不是仅仅吸入足够存活的空气。她用上百种不同的话术，向我重复了上百次：

"咬啊！咬苹果！"

"像锉刀锉金属那样去咬。"

"大口地咬。"

她放声大笑，她拉着我的手横穿马路，她为我编辫子，同时告诉我："咬！咬！咬！"她教我，在语言上、动作上、情感上。朱莉可以用翻飞的手势说话，也可以用皱起的鼻子表达，而我甚至无法在一句话的时间里承受她目光的凝视。很多次，她把我带到镜子前，让我望着我们镜中的形象跟她讲话，好观察自己在和她对比下僵硬的身体。

在学习越南语单词时，朱莉的舌头每每让我惊异，她以体操运动员的灵活和音乐家的准确模仿发音。她念着："la, là, lạ, lả, lã……"尽管不了解含义——"叫喊，是，奇怪，消失，清新……"——却可以区分声调。我向她发起的挑战对她来说易如反掌，而她安排给我的训练却需要我付出巨大的努力。把歌曲记在心里算不上困难的任务，但大声唱

出来却得征调我全部的勇气。朱莉让我通过解放舌头,释放声音:

"把舌头伸出来。尽力去舔下巴。然后向左伸……现在,向右。好极了,再来一次。"

看到我在练习中不由自主地抬手掩在嘴巴前,她哈哈大笑,我也跟着疯子似的笑起来。朱莉有着最热情、最漂亮的笑容。但她同样也有滂沱的泪水,这跟越南人不同,我们总是尽量无声地哭泣。只有出殡时雇来的哭丧妇可以哭天抢地,毫不掩饰地面露悲色,而不被看作缺乏优雅和教养。

丈夫从不知道，每个写信给妈妈的夜晚，我都会流泪。又或许，他什么都知道，只是他选择安慰我的方式，是总在抽屉里预备好两枚邮票。妈妈并不经常回信。也许她也想避免流泪。但是我能听到她静默的回声，还有那些无法宣之于口的情感的重量。睡在同一张床上的那些夜晚，我能听见泪水从妈妈紧闭的眼角流下的声音。于是，我屏住呼吸，因为只要没有被人看到，悲伤就只是鬼魂一般的存在。

大多数越南人相信鬼魂之说，这些游荡的魂灵在生的世界徘徊，窥伺着死的降临，它们被困在两者之间。每年农历七月，人们焚香祭祀，点燃纸钱和纸扎的衣裳，超度亡灵，帮助它们离开生者的世界。把橘黄色和金黄色的纸钱丢进火里时，我祈祷灵魂的超脱，也祈祷妈妈的悲伤可以消失，尽管她从不承认它们的存在，就像那些共产党，他们坚定地把民间对孤魂野鬼的恐惧当作无稽之谈。

但有一件事千真万确，在妈妈脸上，就像在我丈夫脸上一样，很少流露出快乐或悲伤，对什么东西感兴趣的表情就更看不到了，而在朱莉的脸上，我可以读懂一切。当她因为我儿子的降生激动落泪，

ma,
鬼魂

她的整颗心都显露在脸颊、前额和嘴唇上。同样地,怀抱从遥远的国度领养回来、包裹在精心编织的蒙特利尔茧被里的婴儿时,她为迎接他们的全新命运而动容。她给他们拍照,把领养家庭圈子里的朋友们手写的贺卡分赠给每一个孩子。她是第一个对还蜷缩在我肚子里的宝宝说"我爱你"的人。也是她牵着我丈夫的手,隔着我紧绷的肚皮,把它抵向孩子的小脚丫。后来,还是她毫不犹豫地拥抱了我丈夫——尽管他浑身僵直,因为他答应做妈妈移民加拿大的担保人。

我花了好几年的时间，寄去无数张两个孩子的照片，才终于说服妈妈来跟我团聚。跟儿子不同，小女儿的降生来得很快，以同样的速度，我们为企业和私人晚宴提供的熟食供应业务飞快扩张。丈夫买下了隔壁的二层公寓，我们的家变大了。同时，朱莉在烹饪工坊楼下建了一间超大的厨房，楼上的两个房间则被她打造成了儿童之家，属于她的女儿，我的一双儿女，偶尔还有朋友家里没人照看的小孩。早出或晚归的时候，两个菲律宾女人轮班替我们照顾孩子们。

至于后厨，朱莉雇了甜点师菲利普，由他负责改良越南甜点。因为我们的传统糕点多以奶油和巧克力作为原料，花样不多。此外，越南人把生日蛋糕叫作"*bánh gatô*"，这里的 *bánh* 已经有"面包—蛋糕—面团"三层意思。我们引入了这个外来词，因为它所代表的是一种日渐式微的传统烘焙方法。我们得学会使用黄油、牛奶、香草、巧克力……总之许多跟新的烘焙法一样陌生的原料。因为没有烤箱，越南主妇做糕点时，用的是一种带盖子的小锅，锅盖上摆放着燃烧的炭块，小锅则放进中等大小、花盆套模样的陶土"烧烤架"里。这样一来，锅可以整个儿提起，尽管温度不稳定、受热也不那么均匀，却可以避免烤焦。因此，看到菲利普的温度计、计时器、成套的量勺，还有数不清的神秘而又令人肃然起敬的厨具时，我目瞪口呆。我一件件地打量着抽屉里、架子上的道具，痴迷程度不亚于闯进飞机驾驶舱的小男孩。渐渐地，菲利普领我进入他的世界。从榛子开始，生榛果、烤榛果、整个儿的榛果、榛果碎……因为我是无条件的亲榛子派。我从中国城给他带去班兰叶，这种叶子四季常绿，芳香宜人：在泰国，出租车司机每隔两三天就会在座位底下换上一捆新鲜的班兰叶。菲利普已经品尝过荔枝，所以我又把它的远亲——桂圆——介绍给他，这种水果圆润光泽的果核，就像美丽少女的眸子。还有红毛丹，顾名思义，果皮是红色的，生着海胆一样的毛刺，但摸上去更加柔软。

我做的越南香蕉蛋糕味道很好，但不修边幅，样子甚至有些粗鲁，令人望而却步。菲利普用天然蔗糖熬制的焦糖末，使它们一下子温柔起来。就这样，他连结起东方和西方，正如在这道糕点里，包裹香蕉的长棍面包所用的面团同时浸透了椰奶和牛奶。五个小时的小火烘焙中，面包保护着香蕉，而后者把果肉里的糖分交付给面包。如果有幸吃到刚出炉的这种糕点，掰断它，你会看到被紧紧包裹的香蕉惬意地舒展开来，果肉是绛紫色的。

màu
·
颜色

  那些越南人简单地按照配料颜色数目命名的冰饮——三色冰、五色冰、七色冰——在菲利普手下都变得美妙、金贵起来。在越南，每家糖水铺子都有自己独特的配方，供人们闲坐在路边街角的小板凳上，或者跟朋友在从一个地方赶到另一处目的地的途中消灭掉。我觉得，这就好像这里的人们在咖啡馆里约会，只不过，在越南的糖水铺，还可以吃到铺了满满一层绿豆、芋圆、红豆、眉豆和水椰子的冰沙。在两匙糖水间，交换了多少秘密；那些连地址都没有的小店铺，又见证了多少爱情故事。

  在我们的美食工坊，那些品尝着菲利普杰作的客人，周围环绕着彼此心意相通的气氛，有时旁若无人地接吻，仿佛时间的流逝与他们无关。我从来没有如此近距离地看过这样子相爱的人，也从来没有听过谁大声地表白"我爱你"，就像朱莉每天做的那样。每次挂断电话之前，她总会对丈夫和女儿说"我爱你"。我曾经尝试过几次，想将对她的所有感激宣之于口，但我从未真正做到。于是我只能把感情倾注到日常琐事里，在会议间隙，甚至她自己都未觉得口渴之前，便准备好她最爱的柠檬苏打水；在打发她去午睡的那一刻钟里，帮她处理办公室的来电；或者为她刚刚愈合的伤口涂上姜黄膏，避免留疤。当她要去土耳其、日本、斯里兰卡与丈夫相聚，我感谢上天给我机会在五天、七天、十天里照顾她的女儿。我能回报她的只有我的友情，因为朱莉什么都不缺，她拥有一切，尤其是，随时准备为所有人奉献一切。她是一家贩售幸福的糖水铺。

人们常说幸福是买不到的。然而，在朱莉身上，我知道了幸福可以自己繁衍，彼此分享，我们每个人都可以拥有属于自己的幸福。在这样的幸福之中，时光积年流逝，我甚至不曾留意一页页掀过的日历和四季的更替。我不知道从什么时候起，红已经成了餐馆后厨的顶梁柱。只知道有一天清晨，我睁开眼睛，看到的是一个完美到令人眩晕的世界。在我旁边，丈夫的脸埋在枕头里，安静地熟睡，仿佛在一张触手可及、安详宁静的胶片中。隔壁房间里，孩子们也睡得正香。我觉得自己听见了他们的梦境，甚至连梦里的怪兽都如游戏一般，变成了好好先生。妈妈选了走廊尽头连接两套公寓的房间作为卧室。她像助教一样一丝不苟地辅导孩子们的功课。当他们用越南语喊着她"外婆"时，我能捕捉到她脸上隐约的微笑。孩子们去学校的时候，她推掉了越南同乡会的老人们组织的社交聚会，坚持在后厨给红打下手。

就这样，妈妈给餐馆带来了新的灵感，时不时在菜单上添些新菜式。一直以来，这菜单就只听凭熟客们的心愿和我们对故乡回忆的灵光闪现。

红带着女儿住进了原先作为儿童之家的套间,成为我们家的一员。朱莉发现遍布在她身上的瘀痕之后,她离开了丈夫。在那之前,红几乎已经忘记了那些藏在长袖衫和深色裤子下面的淤青。那些在酒精作用下无意识地倾泻在她身上的羞辱和谩骂,仿佛也被客人的交口称赞与道谢抹去了。第一次,她抬起头,撇开那些拳脚相加的黑夜,用身体作为盾牌,保护女儿不受被遣送回越南的威胁,她知道,在那里,再也没有她们的容身之地。闭上眼睛并不难,因为那间阴暗的公寓里仅有的两面的镜子,映出的更多是丈夫的雷霆之怒,而不是自己破碎的身影。那些残缺的碎片,让她不再记得自己的模样。直到那一天,脱下厨师服时,朱莉无意间推开了浴室的门,在她的目光中,红重新看到了自己。

我们开了四辆车,两个女人和六个男人,帮助红挣脱出那种早已认命和习以为常的现实。那天晚上,以及之后的所有夜晚,都有我们这些人站在她身后,她丈夫再也不曾寻衅。时光飞逝,还没来得及把所有照片在相册里分类标注,红的女儿已经成了医学院的大一新生,我们也推出了工坊和餐馆的第一本食谱。

hồng
红

sách
·
书

得益于那些无条件的忠实主顾,尤其是朱莉的交际圈,这本书在广播、电视,甚至纸质媒体上被大肆宣传。一档成功的节目,便带来无数恭维的评论。还没等我们把第一篇报道剪报装框,就已经收集了满满一整箱杂志。那只珍贵的硬皮木箱,看上去仿佛横渡过印度洋,行遍了丝绸之路,或者挺过了纳粹的大屠杀;它放置在橱窗里的折叠托架上,敞开着,里面盛满了溢美之词,有些甚至是漂洋过海自法国和美国而来。在《蒙城周末》的旅行贴士里,我们的工坊和餐馆成了必到的打卡地,《旅行指南》把这里称作"不容错过的经历"。随着越南向更多的游客敞开大门,魁北克人对越南美食的兴趣也在增长。这种热情的浪潮把我们的生意变成一座母港,于是我们的新书《扁担》成了越南文化的附注,而我,则成为代言人。读者查阅菜谱,但他们更愿意与我谈论每道被选中的菜肴背后的传奇与轶事。

那个曾经试图乘船逃亡,后来还是被监禁了好几个月的九岁小女孩的故事,比起菜谱旁边的图片,能够更好地注解一碗番茄香芹汤的滋味。我们选择这道菜,是为了红。她就是那个与父亲和哥哥分开关押的小女孩。在把她推进挤满整艘船的人群里之前，在那最后几分钟里，父亲对她说，无论在任何情况下，都不可以与他相认。她必须告诉警察，自己是跟十二岁的哥哥一起上路的。她被投入女监，跟相邻的男监隔着一层薄铁皮。哥哥在铁皮下面挖了一个小洞，好在晚上睡觉的时候牵着她的手。白天，她走到监区的尽头，在那里，只有一张铁丝网将兄妹俩隔开，于是哥哥可以一直看着她。父亲改名换姓，谎报了住址，尽可能地远离两个孩子。甚至当兄妹俩蹲在几百双脚踩过的干涸的土地上，因为饥饿和恐惧放声哭泣的时候，他都不曾回头。他希望，凭着无辜和无依无靠，他们可以先于自己被释放。他的心愿确实达成了。孩子们被放回了家，而他自己，依然留在那里，尽管那座监狱在许多年前就已经废弃了。

红对父亲最后的记忆，是一只褪了色的黄色塑料碗，清汤寡水里漂着一块番茄、几段香芹。从哥哥身前经过时，父亲把它放在了墙角；哥哥双手捧着那只碗，藏在曲起的双腿之间，等待红来到铁丝网前，喝下那碗有着番茄滋味的汤水。她从没尝过比那更美味的菜肴。重获自由之后，红每周都要煮一次番茄香芹汤，试图重新寻回那种滋味。但不管换了多少种番茄，她始终无法重现那在几口啜饮中永远消失、却又留在记忆中不可磨灭的味道。于是，我们选中这道菜，作为她对父亲回忆的永久纪念。同样，还有菠萝黄瓜炒枪乌贼圈，代表我和朱莉的相遇。每一道菜都有属于自己的故事。

《扁担》在魁北克省大获成功，有位导演找上门来，建议我们录制一档电视美食节目。我有心延续与菲利普共事的经验，于是，朱莉邀请到许多大厨，跟我一起重新品尝和烹调越南美食。这些合作让我们确信，总而言之，我们追求的是同样的味蕾上的平衡，只不过运用了不同地域所特有的配料。意式炖小牛肘浇的是格莱莫拉塔汁[1]，而越南香茅炖牛肉得搭配醋渍白萝卜，为的是去除轻微的苦味。在传统魁北克烹饪中，牛肉丸上淋了一种棕色酱汁，无论稠度还是色泽，都类似越南烤肉丸上浇的酱油。在路易斯安那州，人们用卡真调味料给鱼上色入味，而在越南，我们用的是香茅和蒜蓉。

　　不言而喻，有些专属的味道为每个民族划定代表各自身份的鲜明国界，比如我在这里遇到的所有大厨都对鸡脆骨束手无策，而在曼谷的大街小巷，食客们如痴如醉地大嚼裹了一层面包屑的油炸鸡软骨球。我残忍地强迫赴约前来的大厨吞下重口味的深紫色虾酱，逼他们蘸着辣椒盐品尝尚未熟透的番石榴。至于烤鲑鱼，当然是无条件地搭配青木瓜生

dòn gách

扁担

---

[1] gremolata，切细的香芹、蒜蓉、柠檬拌以油、醋制成的调味汁。

姜沙拉。在腌制猪肋排的卤汁中，鱼露和槭糖汁这对老朋友是绝配，而在配以菠萝和番茄的罗望子酸汤鱼里，芹菜理所当然地要替代海芋茎。这两种蔬菜都很易入味，因为它们多孔的茎干好似仆人般顺从地吸收汤汁，是法语中嘘音 h[1] 般的存在。奇怪的是，海芋的叶子与茎干不同，是不透水的，雨天里甚至可以用作雨伞。莲叶也是如此。朱莉正是被莲的这种两面性所吸引，请人在餐馆庭院里挖了一座池塘，好让这些热带花朵漂浮于水面之上。第一朵花苞露出来时，妈妈背诵了一首在越南人人耳熟能详的民谣：

> 池中谁与莲媲美，
> 碧叶白瓣簇黄蕊，
> 黄蕊碧叶衬白瓣，
> 出自淤泥身不染。

---

[1] 法语字母 h 在单词中不发音。但 h 在词首时有哑音 h（h muet）和嘘音 h（h aspiré）之分。当词首是哑音 h 时，前面的词和它之间可以有省音或联诵；当词首是嘘音 h 时，前面的词和它之间不可以有省音或联诵。

我们把这首民谣以越南语和法语两种语言印了一百多份，分发给懒洋洋地躺坐在花园布面沙滩椅上的客人。那些梦想成为作家或诗人的大学生经常相约在露台上，坐在妈妈的南瓜树下，肩并肩写作，时而彼此推敲词句，时而安慰因为没有灵感而焦虑的同伴。在这片惬意的城市绿洲里，许多作品不声不响地诞生，每逢月圆之夜，轮番被写下它们的作者当众诵读。

thơ
诗

cao su
橡胶

另一边,《扁担》也让整个巴黎着迷,许多读者跟越南有着千丝万缕的隐秘联系。有人记起自己的祖父曾经在法属印度支那时期生活在那里,还有人想到一位叔叔或远亲描绘过的橡胶种植园,那种"会哭的树",从它们的树干上流淌出成吨的乳白色胶汁。浪漫的图景——广袤的土地上,挺拔的橡胶树鳞次栉比——被越南革命者撕得粉碎。他们掀起薄雾的幕帘,让人们看到背后的汗水和埋着头的苦力。

在弗朗辛——我在巴黎读书沙龙遇到的女读者——浅蓝色的眼眸中,没有哪一栋建筑能与西贡的格拉尔医院媲美,她的父亲曾如半神一般,穿行在环绕着病房的宽阔游廊里。他曾是拉格尔医院的主任外科医生,却一生都不再有机会回到那里。但无论如何,越南始终在他心中,直到生命的尽头,因为留在那里的,有照顾了弗朗辛八年的保姆,还有孤儿院身患残疾的孩子们,父亲把那里打造成他们的爱巢,向不幸的命运发起挑战。为了与人间的悲剧斗争,他让孩子们相信圣诞老人是真实存在的,他只是太急着想把礼物送到他们手中了,所以才忘记把那身天鹅绒外套换成更适合热带的衣裳。

弗朗辛在他们中间长大,既是姐姐,也是妹妹。她曾经耐心地把米饭一勺一勺喂进小家伙的嘴里,也曾跟在年长的孩子身边学着拨弄中国算盘。午睡时,母亲弹起钢琴,伴他们入眠。而每当母亲要为庆祝主显节或者欢迎新来的孩子烘焙蛋糕时,孤儿院的员工就会唱起古老的越南童谣,哄她的弟弟吕克入睡。当南方终于输掉了与北方的战争,当坦克驶进城,一家人登上最近一班逃离西贡的飞机,甚至来不及到孤儿院道别。他们谁都无法忘记这场匆忙的别离,只有吕克除外,他那时只有十三个月,什么都不记得。他不记得自己从前还有一个越南名字,"力","结实有力"的小男孩,与他们一家亲近的越南好友都这样叫他。

nhà hàng
·
餐厅

  弗朗辛一直等到沙龙结束，邀请我去吕克的餐厅共进晚餐。她说出一个地名，那是见证过城市历史的神秘地标之一，二战期间，为了免遭纳粹士兵的洗劫，人们曾把天花板上的马赛克镶嵌画涂黑。西贡也一样，经历过许多场人性的浩劫。我告诉弗朗辛，整座城市大变样，大街小巷都换了新的名字。从前的卡迪纳大街，奢华的商店街，现在名叫"东桂街"，在越南语中，是"大革命"的意思；从前的吉夫拉尔咖啡馆，蜜瓜被切成纤细的薄片卖上天价，如今已被拆毁，取而代之的是一幢闪着彩色霓虹、配备停车场的摩登高楼。

  尽管如此，我还是让她放心：卡拉维拉酒店依然沿用着过去的名字，圣母教堂照旧耸立在城市最中心——以疯狂的速度飞驰的摩托车每时每刻都在它四周川流不息；她还是能认出那些圆形小广场，比如滨城市场。我三言两语草绘出一千五百个摊位，堆满了糖渍水果、皮鞋、章鱼干、刚出锅的河粉、布料……一切都如她记忆中一样，在如蚁穴般窄小逼仄、令人晕眩，而又生气勃勃的通道里，每个商贩驻守着自己的一亩三分地。我们俩满怀乡愁，深陷在各自对同一个地方的回忆中，以至于吕克走到桌前时，把我们吓了一跳。

"我读过您的作品。"他说着握住我的手，握了很久。

bàn tay
·
手

错误就是在那多出的片刻间铸成的,我的掌纹与他的掌纹彼此浸透。可我又能怎么做呢?我的手是一双孩子般的手,而他的是男人的手,有钢琴家一般纤长和富有魅力的手指、足以发号施令又能够令人安心的手腕。如果我不是那么目瞪口呆、手足无措,大概会把突然闪现在脑海中的诗句念给他听,那是鲁米[1]的诗句:

一个漂亮的悬在树上的苹果
爱上了你的石头
完美的一掷折断了我的枝。

朱莉选了这句诗,写在邀请领养家庭到果园参加一日野餐会的卡片上。于是我在象牙白的卡纸上手抄了三十几遍,笔尖蘸着墨水,像极了小时候的样子。我找了好久才找到童年用过的那种淡紫色墨水,越南小学生在他们最美好的年华里,用的都是这种颜色的墨水。那时岁月艰难,为了把一本练习

---

[1] Maulana Jalaluddin Rumi(1207—1273),伊斯兰教苏菲派圣哲、诗人,生活于13世纪塞尔柱帝国统治下的波斯。

簿用上两遍，我们总是第一遍用铅笔写，第二遍再用钢笔写。打分时，老师要求神形兼备，因为书法所传达的不仅是思想，还有善念与尊重。许多年的练习——指节上总是沾着淡紫色的墨迹——使我写得一手秀逸苍劲的字，我乐意不时练练手，以免失去笔画粗细间的灵气。总之，我把那句诗记在了心上，同时记住的还有悬在枝头的苹果被一颗石子震落的画面。有时，我把吸墨纸上沾染的墨迹想象成苹果，或者苹果树，而不是掷出的石子。那时我还想象不到，有一天，自己会像那个苹果一样，在坠落的途中被一只手接住。

那天晚上我整夜没合眼，在天花板上，吕克现身的那几分钟像电影一样，一遍一遍、一帧一帧地循环播放，每个镜头都定格成一张照片。我急需知道，究竟是什么把我吸入这失重的宇宙空间？我仔仔细细地回想了吧台上镶嵌的每一块布里阿尔珐琅，它们拼成一幅繁花缤纷的景象：晨曦倾泻在蔷薇花上。是马赛克画花叶间鹦哥纯真的粉红色羽毛使我迷醉，还是服务生准备橙酒焦糖可丽饼的黄铜平底锅泛出的光泽让我昏了头？又或者，是因为吕克碧玉一样的眼睛？

颜色，就像数字一样，在我脑海里总是先以越南语出现。况且我们没有用头发和眼睛的颜色辨识外貌的习惯，因为对于亚洲人来说，就只有那么一种色调：从深褐过渡到乌黑。我把他的面容拉成近景反复回忆了许多遍，才最终确认那双眼睛的颜色；这也是因为在越南语里，绿色和蓝色共用同一个单词：Xanh，青。而他眼睛的青不是蓝色，而是绿色，下龙湾的海水和海湾的绿色，或者说，古玉的深绿色，就像在女人手腕上戴了几十年的玉镯的水色。据说，玉的颜色会随着年头现出微妙的不同，玉镯与手腕的皮肤摩擦，开心果的浅绿逐渐加深，变成茶青色，甚至牛油果肉的颜色；越是接近苔藓和冷杉的深绿，就越值钱。所以，女主人有时会让女佣戴着镯子帮自己包浆。玉镯的脆弱使她们不得不放缓动作，举止也因此优雅起来，即便双手沾染了煤灰，甚至布满皲裂。

也许正因为这样，妈妈才在幼年时就给我套上一只玉镯。那时候，我还不需要像选择佩戴玉石——有些人认为它比钻石还要珍贵——的成年女性那样在手上涂肥皂，或者蜷起手掌。如今，这只玉镯正正好好地箍在我的腕子上，因为我的骨骼成长了，手臂填满整个圆环。不出意外的话，它将陪伴我直至终老。在这期间，它将是我的备忘录，因为玉石既不会被火灼热，也不会与什么东西刮擦，它提醒我时刻保持坚定，尤其是平和。

在那个不眠之夜,我紧握着我的玉镯,像抓住一只救生圈,因为我白天恍恍惚惚地答应了吕克的邀请,答应第二天再跟他见面,晚上去听他吹单簧管,没有犹豫,没有畏惧,也没有弗朗辛在场。我听从他的安排,就好像我祖父追随着祖母的足迹,虽然我从来没有见过他们。

妈妈告诉我,她那位看上去严厉的父亲,要求跟珍藏在柜子里的陶罐葬在一起。罐子里装着他从妻子的足迹上取走的土,那是在他第一次见到她的时候。他用一片法国梧桐叶完整地采撷下那个脚印,一气呵成。他的手微微颤抖,因为他差点把事情搞砸。一场足球加时赛使他错过了媒人安排的第一次见面。他迟到了整整一个小时,等待他的是紧闭的大门和所有人的愤怒。他本打算就此回家,没什么可遗憾的,直到他看见祖母戴着笠帽穿过马厩。这是一顶普通的笠帽,跟男女老少头顶戴着的没什么不同:象牙白色,有点旧了,尖顶指向天空。但是它绑带——勒住下巴,起固定作用——的绳结从帽檐两侧露出,飘飞的穗子仿佛在回应风声,那样与众不同,不仅使帽子显得惹人注目,也使他未来的妻子看上去那么独一无二。

在我眼中，使吕克独一无二的，是他走上前来与我们打招呼时，把弗朗辛的衣领重新翻到披肩外面的手；是在舞台上有些变样的脸，是裸灯泡的光亮中与音乐家朋友们一起放声大笑的样子。或者，也许恰恰是因为他身上没有什么非同寻常的东西。

thang
楼梯

吕克一步两阶地飞奔到四楼，不经酒店前台的通报，直接站在我房门口。他给我发短信："你知道 appréhension（害怕）这个词吗？"我不知道这个词的意思，因此也就无从知晓，自己已经体会过这种感觉了。

对于许多词，我试着凭借发音去理解它们的含义，比如 colossal（庞大的）、disjoncter（断路）、apostille（附注）；还有一些词，我通过它们的结构、气味、形状去理解。为了弄清两个意义相近的词语的微妙区别，需要分开来仔细斟酌，比如 mélancolie（伤感）和 chagrin（悲伤）；我把它们放在手心掂量，一个化成一股飘荡的灰色烟雾，另一个则缩成一颗药丸。我猜测、摸索，答案时对时错。我错了许多次，最离谱的一次是关于 rebelle（反抗）那个词，我把它当成了 belle（美丽的）的派生词；"重新变得美丽"，因为美是可以获得和失去的。妈妈一再告诫我，在发生冲突时，最好退一步，而不是对别人恶语相加，即使错在对方也一样。辱骂别人的同时，也会弄脏自己的嘴巴，因为我们先要在里面填满怒气和恶意，从那一刻起，我们就不再美丽了。所以，我觉得 reblle 的前缀 re- 开启了救赎的可能，让我们重新找回之前的美丽。

我总是犯错，于是这一次我不敢再去猜 appréhension 的意思。我只是感到害怕，害怕开启那扇门。

mặt trăng
月亮

　　他在酒店的过道里深吸了几口气才敲响房门。一只手上拿着大衣，另一只手拎着两个摩托头盔。时至今日，我仍试着回想他最初的几句话，但一无所获。那个瞬间，我大概是灵魂出窍了，也许飞去了月亮。越南的母亲告诉孩子们，在月亮上，有一个樵夫坐在一棵榕树下面，吹着笛子为月宫仙子解闷。中国的母亲则把月亮上的阴影看成捣制长生不老药的玉兔的侧影。而日本的母亲为女儿缝制羽衣，奔月的辉夜姬正是身披那样的羽衣，把迷恋她的天皇留在了身后的大地上。于是天皇命令部从武士带自己去日本最高的山顶，好接近天上的爱人。

　　吕克用他的羽绒大衣裹住我，袖子一直垂到膝盖，把我拖进那些关于月宫天女的传说。"求你了，别拒绝。"他一边俯身拉上拉链，一边对我说。我像一个眩晕的宇航员，锁上我们身后的房门。我从前读到过，宇航员在太空中之所以会感到眩晕，是因为失去了对高低的感知。而我的情况更糟，连左右都分不清了。

我跟在他身后，笨拙地爬上摩托车。我们穿越了整个巴黎城，来到他母亲的住处。她没想到我们会来。她不再期待任何人来。她不再唱歌，也不再关心镜子里面自己的模样。我暗自猜想，她是不是已经接近所谓的涅槃，灵魂圆满寂静地摆脱肉体的束缚，不再有欲望，不再感到痛苦？当吕克问我害不害怕时，她把手放在我头上，开始抚摸我的头发，缓慢地，长久地。周围的墙壁上贴满了照片，其中一张上，她穿着鲜红的T恤，胸前挂着一颗硕大的钴蓝鸡心吊坠，她坐在钢琴边上，身后是一群昏昏欲睡的孩子，短暂地从他们残缺的身体里灵魂出窍。

mồ côi

孤儿

　　她的手渐渐没了力气，但依然流露出柔情，也许是因为那关节凸出的手指给她的孤儿们写了几百封信，虽然都石沉大海，却从未气馁。整个童年岁月，吕克都跟那些萦绕着她的幽灵分享同一个母亲。最开始，她拦住在巴黎大街上擦肩而过的每一个越南人，向他们打听那座孤儿院。如果哪个不走运的家伙恰好生活在同一个城区，她就把人家请到家里，提成千上万个问题。有一天，一位夫人告诉她，那栋房子早已被没收充公，又重新分配给五户人家共同居住。战后财产分配伊始，孩子们就被赶了出去。在夫人讲述驱逐过程中笼罩整个街区的死寂之前，母亲就离开了座位。从那之后，她拒绝跟任何越南人说话，害怕遇到另一个人，向她确认那些孩子悲惨的命运。同样，她也尽可能地避免弗朗辛和吕克与他们接触。

弗朗辛带着忤逆母亲的小女孩的兴奋劲儿走向我,那道过时的禁令虽然陈旧,却依然被严格地强制执行。我们相遇前一周,在街区书店的橱窗里,《扁担》的封面照片——一只半陷在炭火里的陶钵,里面盛着一块红烧鱼——令她潸然泪下。鱼露的味道一下子攫住了她,仿佛重新站在孤儿院墙角的厨房边,看着大师傅把鱼露浇在糖、洋葱、蒜调制的滚烫酱料上。她当天就把书给了吕克。跟姐姐一样,他也立刻闻到了那种母亲钟爱胜过一切的味道,浓烈而无法模仿的味道。母亲每个月至少要煮一次红烧鱼,配圆白菜、黄瓜片和蒸米饭。但凡有可能,他便在"红烧鱼之夜"溜出家门。他也不知道自己讨厌的更多是烧熟的鱼露的味道,还是那道背负着萦回不去的执念和无力感的菜所带来的氛围。

"您愿意为我妈妈煮一次红烧鱼吗?"

cá kho
·
红烧鱼

cằm
下巴

　　回程的路上，吕克指给我看点缀在公路两旁的虞美人。如此柔弱的花朵究竟是怎样混迹于野草丛中，丝毫不怯于沥青和混凝土的？吕克说，它们的外表很能迷惑人，实际上虞美人可以在荒地上蔓延，甚至入侵整片麦田。那种"鸡冠"色让许多画家着迷，而对吕克来说，虞美人让他想到摩耳甫斯[1]，后者把这种花当作自己的魔杖；只需用花瓣轻触我们，就能让我们陷入温柔甜蜜的睡梦。至于我，仿佛置身于一个白日梦中，连眼睛都不敢眨一下，生怕一切消失不见。在奥赛博物馆，我第一次看到莫奈的《虞美人》，也第一次感受到下巴三角区的皮肤，因为在帮我解开和扣上摩托头盔时，吕克的手总会掠过那里。

---

[1] Morpheus，希腊神话中的梦神，能够在梦中化成不同人的形象。

第二天，我们在各自的约会和行程中抽出时间，一起去十三区[1]购买食材，同去的还有吕克正在放假的孩子们。我们在狭窄的小路上艰难地穿行，路两边堆满了篮子和箱子，莫名其妙的分类逻辑大概只有店家自己清楚。孩子们一点儿都没有被拥挤的人群和喧嚷的外语吓到。他们自在地用无数问题轰炸我：人心果要怎么吃？火龙果的果子结在哪里？章鱼有多少条触须？为什么有些蛋是黑色的……他们的热情促使我毫不犹豫地把引发好奇的东西统统买下。等回到祖母家，我们把水果在花园的桌子上摆好，然后才请她坐到我们中间。接下来，我们吃惊地看着她把释迦掰成两半，一边享用乳白色果肉，一边把黑色的果核吐在手上。

chợ
·
市场

---

[1] 巴黎唐人街所在的大区。1970年代，来自前法国殖民地法属印度支那（今越南、柬埔寨、老挝）的华人难民定居在此。许多居民说粤语、越南语和高棉语。

mãng càu,
释迦

当共产党终于赢得战争并统一了整个国家，无数的家庭得以团聚。从前，许多年轻人跨越十七度线[1]逃离北越，他们要到二十年之后才得以与当初抛下的父母重逢。这些昔日的年轻人自己也成了父母，他们的孩子，那些南方长大的小孩，对北越女人的黑齿习俗一无所知：她们在两周的时间里，忍耐着痛苦和不适，持续不断地把一种专门的黑漆涂在牙齿上。诗人们赞美乌黑发亮的牙齿，把它当作评判美的四大标准之一。漆齿的颜色终生不褪，还可以保护牙齿不被食物腐蚀。在这种习俗被法式优雅所取代之前，女人们自豪地展示自己闪闪发光的黑齿。当我听到一个孩子问为什么出身北越的祖母要把释迦果核含在嘴里而不是吐出来时，才确定地意识到，这种文化遗产已然没落。这个孩子没办法想象祖母竟然有一口漆成黑色的牙齿，也不知道她是这种逐渐消逝的习俗最后的代言人。

我惊喜地看着吕克的母亲把果核撒在桌子上，努力把其中一枚果核弹到其他两枚之间，虽然并没

---

[1] 越南战争时期，南越和北越之间的一条停火线，因位于北纬17°附近而得名。

有成功。这是越南小孩常玩的游戏，他们用果核代替弹珠。我靠近她，继续她的手指没能按照她的心意完成的动作。接着轮到吕克，最后是孩子们。每个人都小心翼翼地珍藏着自己的战利品，胜利者跳起凯旋的舞蹈，好像赢了世界杯一般。他们还像受罚的越南小学生似的，尝试跪在菠萝蜜的外壳上，但上面的鳞刺一下子就让所有人摇摇晃晃地败下阵来。

当吕克和孩子们摆弄着在商店门口发现的木剑，嬉闹在一起时，我在一只破洞生锈的桶——它被改造成灶台——上腌好了鱼。跟孤儿院和当时越南的大部分人家一样，我的厨房在室外。吕克的母亲走过来，坐在我身边的石头上，用长长的竹筷子翻动鱼块。吕克把这个场景拍了下来，好永远留住这个在过去二十五年里失落在记忆中的动作。我煮了两份红烧鱼，一份微辣的给孩子们吃，另一份被吕克的母亲撒满了我在臼子里粗粗捣碎的胡椒粉。当她终于专心地看着我们，我悄悄地在她耳边低语："孤儿院的孩子们都很好，他们都盼着再见到您。"我不知道她是否相信了我，但她又一次轻抚了我的头发。

cải cúc

菊花

　　我提议大家围坐在孩子们的小桌旁吃饭,重现越南路边摊的氛围,食客们就着低低矮矮的桌子板凳大快朵颐。吕克的母亲没有忘记在红烧鱼之后,以一碗菊叶汤结束正餐的习惯。吃甜点的时候,孩子们尝试用筷子夹起芒果块儿,当然失败了。于是他们向我发起挑战,我轻巧地夹起芒果喂到他们嘴里,一举跻身杂技演员和魔术师的行列。为了逗他们开心,吕克也加入进来,抢夺一块芒果。他的突然袭击让那块芒果滑了出去,条件反射地,我们俩都赶忙在半空中接。我的嘴唇差一点儿就碰上了他的。直到那一刻,我才发现,自己从来没有过想要亲吻任何人的嘴唇的欲望。而且,每次接吻的时候,我用得更多的是我的鼻子,像越南母亲们惯于做的那样,贴在婴儿浑圆的大腿上,呼吸他们身上的奶香。

我和丈夫从没有真正接受夫妻间作为打招呼和开场白的那些亲吻。即使在生了两个孩子之后，即使一起度过了二十年的婚姻生活，我们依旧腼腆羞涩。也许是我们的语言使我们不得不保持克制。在越南，谈论到这类事时，从不直呼其名。只需要说"gan"，亲近，就知道指的是发生性关系；只需要丈夫翻过身来，我就知道是时候尽自己配偶的责任；只需要他觉得幸福，我们两个人就都幸福了。我们就是这么一对没有是非和争执的夫妻。

hôn
接吻

võ hình

隐身

　　妈妈很早就教会我避免冲突，教会我毫无存在感地呼吸，教会我隐身在背景中。对我来说，她的这些教育是至关重要的生存之道，因为她时常被召去执行任务。我们很少知道她出发的时间，更不用说什么时候回来了。在她离开的日子里，我被托付给相熟的人家，或者受命照顾我的人。很快，我学会了既帮得上忙，又隐藏起自己，让大家忘记我，也就没有人可以指责我、伤害我。我知道在什么时机把一只盘子放在女主人旁边，方便她把锅里的菜装盘，同时又忽略我的手；同样地，我让滤壶里永远盛满可以入口的水，却没有人看到我在夜里烧好水，放凉，再灌进壶里。

　　只需要一天，最迟两天，我就可以摸清收留我的家庭里每一位成员的需求。因而，预测丈夫的愿望对我来说易如反掌。我留心他内衣橱里的白色跨栏背心，保证足够的数量；这是中国工人阶级喜欢穿的衣服，出于习惯也好，乡愁也罢，丈夫继续把它们穿在自己的衬衫里面。我用从中国城的商店里买来的新背心换掉穿旧的，丈夫对此甚至一无所知，因为我总是先洗上两次，让它们变得跟他的旧衣服一样柔软。同样，丈夫的球柜里从来不缺每个星期三和星期五"网球之夜"要用的新球,后来,又多了星期六早上的高尔夫球。我预先抽走他的《国家地理》的广告页,因为那些硬纸板总是无谓地令他格外恼火。

  反过来,丈夫从来不会抱怨我把大把的时间花在厨房里,也不过问我在孩子们教育方面的选择。我们就这样一起前进,沿着机场跑道一般平滑的道路。

tóc

头发

  跟吕克一样，我拥有完美的婚姻，直到他用手背撩起我的头发，嗅着我的侧颈，他对我说不要动，不然他会跌倒，会大叫。我唯一可以带回蒙特利尔的有关吕克的痕迹，是他的双手在我眼睛上投下的阴影。在机场的停车场，他用手遮住我的眼睛，不让我看沉默流淌的泪水。我站在他面前，一动不动，从未体验过的情感的震动让我不知所措。他目送我跨过安检线离开，没有归期，没有承诺。

我早就学会了控制自己的呼吸，学会了只需要很少的空气，就像生活在高山上的居民，或者战争期间生活在古芝隧道[1]里的人。住在河内政府分配的房间里时，我和妈妈鼻子上盖一块毛巾睡觉，因为墙壁里散发的恶臭令人无法入眠，就好像腐烂发臭的野兽。那时，我呼出的气远比吸进的气少，但从不觉得窒息。透过飞机的舷窗，吕克穿着紫色衬衫的宽阔肩膀，他系着红色细绳的强壮手腕，还有溢出头盔的鬈发，所有形象在云层中出现又消失，仿佛吸走了我肺里全部的空气，使得密闭的机舱令人窒息，无法忍受。

thở
·
呼吸

---

1 从胡志明市往西北约35公里，离古芝约30公里远的地方就是举世闻名的古芝隧道。越南战争时，这个区域被当作解放战线的阵营，俗称"越共总部"，是十分难以攻克的地方。

除了吕克一直放在裤子口袋里的指甲剪——那天在他母亲的花园里，我用它给他的儿子们剪了指甲——我对这个男人一无所知，可是他却突然成了我世界的中心，在那之前，我既没有世界，也没有中心。从前我嘲笑那些相信月老传说的人，也许我错了；月老的职责在于用手指将两条红色的丝线系在一起，连结起两个人之间的姻缘。也许吕克就是我命中注定的红线。

总之，也许那个名叫亚历山大的年轻人是对的，他是我们店里的客人，一个坠入爱河的大学生，有一天他向我发誓，说自己再也不会爱上别的什么人了。为了证明他的决心，他把罗兰·巴特的一段话钉在了挂在橱窗里的留言板上："我一生中遇到过成千上万个身体，并对其中的数百个产生欲望；但我真正爱上的只有一个。"[1]对我来说，这样的表白是陌生而难以理解的，因为我从来没有感受过这种唯一的、排他的爱情。

---

[1] 罗兰·巴特：《恋人絮语》，汪耀进、武佩荣译，上海人民出版社，2009年。

我确信，在海关出口滑动门前的人群里，没有一个旅客注意到妈妈。在我眼中，她显得格外瘦小和苍老。她仿佛跨过门槛，在另一边任凭时间哄骗，不是一蹴而就，而是温柔地摇晃；仿佛跟时间彼此吐露知心话，饱含感情地拿青年时代的风暴开着玩笑。妈妈轻抚着我的发梢，三下，像小时候到寄宿的人家接我时一样。如果我恰好剪了短发，或者把头发扎了起来，便能感受到她的手落在我后背上的温热触感，那是一双医者般纤细有力的手。每次隔了一周未见，在家门口迎接从校车上下来的孩子们时，我也会做同样的动作。我微不足道的动作，和吕克的孩子们率真的感情表达——告别时，他们用手臂紧紧搂了我很久——之间，鲜明的对比令我错愕。

sân bay
·
机场

bảo hiểm
保险

  我的孩子们跟朱莉亲密无间，这让我安心。他们彼此亲吻、拥抱，悄悄地分享秘密和知心话儿。朱莉定期带他们去听音乐会，乐队指挥教他们在用音乐讲述的故事中，通过聆听乐器的音色分辨不同的人物。她还帮孩子们报名了曲棍球课、游泳课、芭蕾舞课、绘画课……她同我女儿一起决定剪什么样的发型：齐肩长还是留到背后那么长，要刘海还是不要刘海。我的孩子们把她的手机号码背得滚瓜烂熟，他们叫她"má hai"，二姨。

  在越南家庭，"hai"，也就是数字"二"，代表家里最大的孩子；朱莉占据了这个位置，因为她年纪比我大，是我的大姐姐。通常，家里的姨母、姑母等女性长辈，也被叫作"妈妈"，因为她们承担着同样的责任，也拥有同样的权利，那就是关心孩子的健康与教育。每当朱莉站出来引导他们，纠正他们的错误，或者带他们玩耍，我便退到一边，希望他们之间的感情更加亲厚，即使我不在场，即使在我身后，依然如故。在越南有句谚语："没娘的孩子磕墙根，没爹的孩子贵如金。"我的孩子们很幸运，他们不仅有人寿保险，还有一份"母亲保险"。

我同样感谢菲利普,他不厌其烦地向孩子们重复着"我爱你"这三个字,用他画出来、堆起来、写下来的一颗颗心,在杏仁薄脆上,在棉花糖和果味软糖上,在巧克力慕斯上……自然而然地,孩子们学着他的样子,在他们的画作和卡片上涂满心形;而在我写给妈妈的所有信里,甚至没有一封包含"我想你"这三个字,然而,每一件我讲到的琐事,都浸透着分离的痛苦。我绘声绘色地讲述同一家商店货架上不同品牌、令人眼花缭乱的洗发香波,因为我盼望能再为她洗一次头:她的头垂在洗衣服用的铝盆上方,我把水浇在她涂了香皂的长发上。

我给她寄去地铁线路图,解释列车在漆黑的隧道深处行驶的速度,就好像子弹沿着枪管击发,因为我更偏爱我们国家的慢速火车,它是那样缓慢,我几乎能触碰到铁道两旁居民的日常生活。旅客们抱怨床铺太小,即使是头等座也一样,因为一个卧铺间要容纳六个人之多。最高的床位固定在距离天花板仅仅三十几公分的位置,只够勉强钻到床上。有一次,我们上铺住了个大块头的女人,她的肚子几乎要顶到天花板了。我担心得要死,生怕弗米加床板被压断,她会掉下来砸到我们身上。不过,我只是短暂地忧心了一下,因为蜷缩在妈妈怀里让我幸福极了。脸朝向墙壁,后背被她的体温包裹着,脑袋倚靠在她的心脏上,我很快就陷入了最甜美深沉的梦乡。妈妈以为狭小的空间会让我透不过气,但事实上,在那为数不多的几次火车旅行中,我比任何时候都充满活力,妈妈保护着我,远离那些游手好闲的乘客,她让我放轻松,她简化了生活,把整个世界变成唯一的气泡。

我不再往沿途经过的房子里看,因为隔着窗户,能看见父亲把熨斗扔到女儿涂脂抹粉的脸上。我不再听旁边两个男乘客的对话,他们在回忆学生时代,那时他们把限量配给的商品暗中倒卖到前捷克斯洛伐克。我不再数在墙壁上匆忙攀援的酿酒用的苹果,也不再暗自思忖,车上发放的红色缎面涤纶枕头——四周装饰着满是灰尘的荷叶边——是不是聚集了整个国家所有品种的虱子。在这个安全地带,我可以休息、放松,不去管周围的世界里成千上万的琐事。我侧卧在妈妈怀里,什么也不想,什么也不看。

当吕克的目光落在我身上,我感受到同样的排除一切的感觉,周围的一切都消失了,我们之间的空间被我的整个生命填满。我在一位客人落在店里的书上读到过,"看",就是把"关注"投向别人。在中世纪,说到战争或冲突的情势时,人们往往这样描述敌对双方:"'他们谁都不给对方眼神。'几个世纪以来,这个词语就暗含着'尊重'的意思,当然也包括对对方的关注和挂虑。"[1]丈夫不需要给我这样的眼神,或者关注,因为他不需要为我操心。在亲朋好友面前,他把我说成那种即便在沙漠和南极洲都能够独自生存的女人,所以他可以一直往前走,远远地丢下我,丝毫没察觉我因为鞋带断了,还留在上一个街角。这是因为,我是有幸被他和他的家族选中的人,所以理应由我来关心他,而不是相反。无论如何,我已经事无巨细地打点好一切。从晚上在床边摆成方便他穿的方向的拖鞋,到他家人的生日礼物;从专门盛到他碗里的鸡蚝,到学校的家长会。我用一双隐形的手提前准备好一切,就像埃莉

---

[1] 卡米耶·洛朗斯,《词语的种子》,P.O.L.出版社,巴黎,2003年,22页。——原注

诺·罗斯福[1],她每天早上都会把注好墨水的钢笔插进丈夫的西装前袋里。

---

[1] Anna Eleanor Roosvelt(1884—1962),美国第23任总统富兰克林·罗斯福的妻子。

让-皮埃尔是我们店里的常客,在成为护士之前,他当过牧师。他也如我一样,对自己的越南妻子兰的一切关怀备至,不同的是,他把每天都经营得如同节日一般。他轻手轻脚地把她搂在臂弯里,贴着自己舞者般柔韧的身体。在走向她、对她微笑之前,他已经一连四天在同一时间的地铁站台看到她。面对他湖蓝色的眼睛,兰仿佛面对车头灯的小鹿,一动不动。她是那种被造物主忽略的女人,又或者正相反,她是那种为了证明崇高的爱情真的存在而被创造的女人。为了躲避不识趣的目光,兰总是尽量隐藏自己。她的包里装着一把雨伞,用来遮挡阳光、雨雪和人群;在室内,她则藏在一本摊开来的简单的书后面。

让-皮埃尔注意到那本她专心阅读的书——供成人移民使用的法文练习簿。他简短地问好,递上我们餐馆的名片,然后把时间和日期写在手上给她看。他求我为他背书,当他的翻译。在约定的日子之前,她打来了电话。兰怀疑一切都是圈套,而实际上,让-皮埃尔只想告诉她,他觉得她跟圣母马利亚一样美,他想要照顾她。最开始,让-皮埃尔耐心地在地铁口等她,为了不吓到她,总是跟在后面,相距一步之

Đức Mẹ

圣母马利亚

遥；后来，他默默地靠近她，替她拎装着沉重字典的背包。再后来，有一天，他求婚了，把她介绍给自己的父母、两个哥哥和四个姐姐；他为她布置花园，在家里辟出一整面墙，用来贴她的照片：冬天的、热恋的、怀孕的……他向我们展示她的美，就好像法国珠宝商人说服顾客相信一枚原钻戒指的华丽光彩。兰从未梦想过会有一只手如此温柔地轻抚她少女时代备受摧残的面容，就像她从来不曾计划离开芽庄。

那天夜里，纯属偶然地，她在一群人中间，仓促地、悄无声息地上了一辆盖着帆布的卡车，踏上连接岸边和一艘小船的木板。她被上百个行色匆匆的人推着走，跟他们一起抵达印度尼西亚海岸，几年后，又到了蒙特利尔岛。偶然给了她重新开始的机会，也给了她爱情，正是这爱情漂白了她的四环素牙，让她瘦骨嶙峋的身体圆润起来，从前邻居们都叫她"枪乌贼干"，一种在海滩上卖的小吃，用线串着挂在太阳底下，就好像晾在绳子上的空荡荡的衣服。让-皮埃尔总是守在她身边，小心翼翼地用自己的身体包裹住她的骨架。每次见到兰，在最初的几秒钟里，我总是惊异于她与我印象中大相径庭的模样，现在，她已经是耀眼夺目的美丽女人。

从巴黎回来之后，也许是我的表情出卖了我，妈妈立刻就发现了我的不安，尽管客厅的桌子上摆满了礼物：有买给女儿的发带，有儿子感兴趣的大开本法国空军画册，还有丈夫心心念念的美味——冰糖栗子，家住尼奥尔的姑姑上次带了一些给她父母，他就是在那里尝到的。给妈妈的礼物是她小时候用的塞耶斯格线本，在那种本子上，字母"l"的脑袋要顶到第四条横线，字母"o"的圆圈则局限在第一和第二条线之间。我买了十本格线本，希望她把我们的故事——她的故事，还有我自己都不记得的我的故事——写下来，作为纪念留给我的孩子们。

当天晚上，我跟孩子们一起入睡，在丈夫之前；午夜时分，我得以起床一遍又一遍地读吕克写给我的电子邮件，他在邮件里描绘着没有我的巴黎。他追踪我的航班，从一公里到下一公里，从一小时到下一小时，从一朵云到下一朵云。我坐在一片漆黑的厨房里，妈妈走了进来，没有说话。她给我一杯茶和一盒纸巾，我们就这样静坐到太阳升起，床铺和被子发出窸窸窣窣的声响。

quà
· 礼物

接下来的几周里，吕克用那些我所陌生的词汇为我建造了一个新的世界，在那里，"我的天使"成了专属于我的称呼。我脑海中只回荡着每天早上八点零六分——我开始一天的工作的时刻——他关心我近况的声音。与此同时，熟食供应生意也愈发红火，使我可以名正言顺地整夜待在厨房；我仔仔细细地把麦秆粗细的藕带切成段，告诉吕克这嫩芽儿里生着多少藕洞。他在电话那头听我说话，好像在听一场独奏会。有时，我把选好印在晚宴菜单背面的文字读给他听，询问他的意见。

有一次，一场筹款晚宴让我回想起从前上过的中文课，老师在解释汉字"爱"的构造时说，这个字包含三个表意文字：手、心、脚；因为表达爱意时，我们需要用手捧着心，抬脚走向所爱之人，递给他。朱莉把这段解释印在了长长的红色纸带上，妈妈、孩子们，还有红和朱莉的女儿负责把它们缝到千纸鹤身上。鸟儿悬挂在天花板上，纸带垂到客人手中，人人都可以看到那段我最初寄给吕克的话。我把那段话写在给他的那只千纸鹤身上，就像赋予它的第二层肌肤，用来标记那让我坐立不安的陌生情愫。作为对这犹抱琵琶的表白的回应，吕克寄来一份美食节的正式邀请，在一周的时间里，当地餐厅可以接收一位外国厨师，给客人提供三个晚上了解和品尝异国风味的机会。

大家都不知道吕克的真正用意，为可以在巴黎一展身手兴奋不已。只有妈妈例外，她提醒我成功往往招致祸患，正因如此，越南人才会给生得格外漂亮的小孩取贱名。父母给他们取"囝"、"囡"这样的小名，或者让人联想到猪尾巴的"栓"，诸如此类的名字可以蒙蔽无所不能的上天，让它相信他们的孩子面目丑陋可厌、不值一顾，也就不再引起那些散布厄运的鬼魂的嫉妒。

我也试过欺骗自己，把跟吕克的邂逅看作一场悲剧，注定将我的一切吞噬的厄运。如果我是虔诚的基督教徒，我会身着苦衣，以苦修克己，扼死突然萌发的生的欲望、长生的欲望。我听过许多母亲梦想能够活到子女毕业、结婚，活到孙辈降生。但我不同，我想象不出那些不同的、即将到来的人生节点，标记他们人生的重要界碑。我的职责不过是一座桥梁、一个船工，将他们摆渡到河的对岸，线的另一边。让我眷恋生命的，总是日常生活的琐屑，是妈妈交付我的任务，那些能做到的和做不到的事。跟她一样，我从来没有选择过什么特定的目标。然而，当我重新坐在机舱里，我惊异地发现，自己正飞向一个确定的、规划好的、心心念念的目的地，飞向一个等待着我的人，他将迎接我，接受我。

机场三号航站楼的大门打开时，吕克并没有出现，跟我无数次在脑海中预想的情景不谋而合。本能地，我伸手去包里找记着妈妈堂姐电话号码的小册子，上世纪五十年代末，她定居巴黎郊区。

nước tím
紫色的水

上一次旅途中，我登门拜访了她。他们夫妻俩仿佛被定格在了革命时期的越南。丈夫戴着共产党士兵的绿头盔，像农民一样在花园里翻土；妻子一颗一颗地搓洗着刚为我摘的樱桃，仿佛依然身在越南：那时青菜和莴苣都要用紫色的高锰酸钾水消毒。她把妈妈从前写的信翻出来给我看，在妈妈消失之前，她们保持着规律的通信；两个人年纪相仿，在继母阴影下度过的艰难岁月里，她一直是妈妈的闺中密友。妈妈把她的名字和地址告诉我，并没有多说什么，只是给我一张没有信封的卡片，上面简短地写道："我的姐姐，我向你介绍我的女儿，有一天，我会向你解释一切。"

bà con
亲戚

  妈妈的堂姐，已经成了驼背的老妇人，她用一台好好保护在皮套里的老相机为我拍了照片，作为家族历史的延续。她承诺把照片寄给我们，我也保证会给她寄妈妈和孩子们的照片。我知道，我可以像上次一样，不打招呼就上门；跟在越南一样，开门的时候，人们并不知道门后站着的是谁。

  有一天，妈妈和我就这样突然出现在她长姐家门口，事先甚至没有让她知道妈妈还活着的消息。妈妈之所以现身，为的是让她免遭即将到来的危险。

妈妈的长姐嫁给了从旧政府退休的高管，这让他成了新制度下人民的敌人。在那时，仅仅是住在大宅子里，就足以令人成为备受指摘的对象。长姐一家完全符合人们对有罪的资本家——这些人需要为国家的贫弱、分裂和堕落负责——的描绘。在消失了二十多年之后，妈妈按下门铃，长姐把她迎进家门，安排我们住下，就好像二十年的分离只带来了外貌的变化；或者，是时间解释了缺席的一切；又或者，是脸上的皱纹把她们在彼此分离的时光里各自经历的人生讲述给对方。

幸亏妈妈革命参与者的身份，她们一家免遭驱逐，不用到劳改农场去开垦土地、挖掘运河，手里扛着铁锹，肚子里只有定量配给的大麦果腹。那时，还没有人把这些干旱的劳改农场同西伯利亚劳改营做比较，可能是因为没有人能在这两个地方都活下来；据幸存者说，他们晚上就睡在大街上，经常是睡在自己曾经的宅子前的人行道上。我常想，眼看着自己的过去矗立在眼前是否难以忍受。也许他们是希望，出于同情，新房主可以收留自己，重新给自己一个角落容身，这样他们的过去就不再是污点，也不再需要用自来水毡笔把照片上有争议的人脸和

chính trị
·
政治

旧政府的旗帜涂黑,尤其是,他们的过去与现在可以重新连结起来。

我刚摸到手袋里的电话簿,就看到出口对面有一个男人向我跑来。不到一秒钟的时间里,他的脸出现在我面前,就在那一刻,我发现自己置身于当下:没有过去的当下。他站在一边,为了看着我到来,为了考验我们,也为了度量自己的忍耐力:他坚持了十七秒——一段很长的时间。他补充说:"显而易见。"(C'est l'évidence.)

quá khứ
过去

我总是听到身边的人说:"没那么简单!"(C'est pas évident!)用的是形容词,表达的也是相反的意思。我只知道这个词(évidence)在英语里的含义,证据,或者说"大量事实",用来确定或否认一个论断,或者帮助得出结论。法语和英语之间有很多同形异义词,它们设下的陷阱每次都让我败下阵来。

吕克知道我在语法、逻辑和理解上犯了许多错。有一次,我传给他一首歌,特意标出了我最喜欢的歌词:"我丢了我的心。"(J'ai échappé mon coeur.)但我不知道,在正确的语法中,échapper 这个词不能这么用,我们要么说"他逃避他的心"(s'échapper de son coeur),要么说"我们的心逃跑了"(notre coeur nous échapait),但就是不能出人意料地把心给弄丢。尽管吕克详尽地解释了这个词的错误用法,他本人却总喜欢用魁北克法语讲话：于是 vadroille 稳操胜券地驱逐了 serpillère[1]，par après 则鸠占鹊巢地替代了 par la suite[2]。

他像一个舍尔巴人[3]，带领我走过法语这门语言的弯弯绕绕，一层一层剥开词语的外衣，每一次都有细微的差别，就好像摘下一朵玫瑰花的花瓣。就这样，évidence 这个词的意思，在各种意想不到的情境下，被解释、强调和应用了上百遍。

他说，正是 évidence 指给他看藏在我浅口鞋带扣后面的挂钩，因为他毫不迟疑地伸手解开，就好像一生都在重复这个动作。还是 évidence，让我知道自己可以把嘴唇贴近他的锁骨，把那儿选作休憩的港湾。我第一次产生这样的愿望，想要在那一厘米见方的领地，插上我的旗帜，宣布我的主权；而从前，妈妈跟我曾把多少地方抛在身后，甚至不曾回头看一眼。如果不是因为 évidence，我们也许有机会看到城市上空的落日，我会把埃德温·摩根的

---

1 两个词都有*拖把*的意思。

2 两个词都有*后来*的意思。

3 尼泊尔少数民族，常为喜马拉雅山登山者担任向导和脚夫。

诗念给他听。

> 当你离开我，
> 如果你要离开我，
> 我宁可死去，
> 再没有什么能够拯救我，
> 除了那个瞬间，
> 你睡在我的臂弯里，
> 甜蜜而毫无保留，
> 我任由暗下来的房间
> 将夜一饮而尽，直到
> 宁静，或者刚刚下起的雨
> 温柔地将你唤醒。
> 我问你在梦中可曾听到雨声，
> 而你睡眼蒙眬，只说了一句：我爱你。[1]

---

[1] 埃德温·摩根，《新诗选》，卡卡奈特出版社（Carcanet），曼彻斯特，2000年。——原注

吕克睡在我旁边,他永远都做不到在情人的臂弯里毫无保留地沉睡。至于我,我早就学会了迅速入睡,只要我想;因为这样就可以把眼皮当作垂下的幕帘,遮住那些我想要回避的场景和情境。一个响指间、两句话间,甚至刻毒的话语还来不及发出声音之前,我就能抛弃意识,陷入睡眠。奇怪的是,在这偷来的一天时间里,我却没办法合上眼睛了。我把吕克的每一寸皮肤印刻在记忆里。我数着他身上的每一处皱痕,脖子、肘弯、腘窝——膝盖背面 H 形的区域,在我还是小女孩时,所有这些沟壑里都藏着污垢。

母亲们得仔细搓洗这些地方,小孩并不是有意弄脏自己,而是风吹过来,裹挟着灰尘,堆积在他们身上。我凝视着吕克身上的一道道"轨迹",突然意识到我从来没有触摸过孩子们身上的这些皱痕,因为他们从没有像我那样,在上了一天学之后,脖子上挂着黑乎乎的"项链"回家。难不成蒙特利尔的空气被过滤、净化了,还是说它本身就太纯净了,没办法留下痕迹?吕克的白色皮肤同样纯净,即便眼皮上的那道疤痕,讲述的也是他跟他的狗有多么亲近;还有脚踝上的年少冒失的印记,轻轻一碰就能让他惊跳起来。

我大腿上的疤痕不带痛苦地陈述着那段往事，也许是因为不当心，也许是我在杯子里帮小女孩搅拌奶粉的动作让她担心我要分享她的牛奶，暖水瓶打翻了，热水烫伤了皮肤。妈妈没有见到伤口，只在从遥远的、尤其不能说名字的地方回来时，看到了疤痕。

我也没有见过妈妈的伤口，只见过那个贯穿她右侧小腿的弹孔。她让我别担心，说那只是意外。现在轮到我用同样的方式安慰她，告诉她那是因为我自己笨手笨脚。于是，我们再也不需要重新提及这些疤痕，因为妈妈从不穿裙子，我也从不穿迷你裙。丈夫想当然地认为那是天生的胎记，孩子们也不觉得它有什么奇怪，因为我从不穿着泳衣在游泳池边走动，也不躺在沙滩上晒太阳。只有吕克盯着我那道浅色的伤痕看了良久，他把它想成一张世界地图，在上面画出走向我的道路。只是与此同时，他要离开我，跟妻子一起去学校参加孩子们的家长会。

一听见他踩在楼梯上离开的脚步,我便奔向阳台。他回到房间时,看到我正趴在栏杆上,踮着脚尖,等待他的身影出现在人行道上。我跟他一起下了楼,送他开车离开,好让他继续做一个好爸爸。我提醒他,他并没有抛下我,床单上还保留着他后背的形状,枕头上还有睡醒时寻找我的手臂留下的痕迹,他只睡了一小会儿,而我坐在他近旁,既能守护他的梦境,又不打扰他的距离。

我早就学会了无声无息地出入被窝,因为丈夫睡觉很浅。在我们共同生活之初,他就要我给他缝一个长长的圆形睡袋,像小时候那样把手臂和腿都包裹在里面睡觉。只有这个真人等大的睡袋可以安抚他,让他不再梦到自己的祖父。祖父总是半夜三更把孙辈和在他们家讨生活的孩子们都聚集在祠堂里,让所有人跪在他面前,听他责骂自己的妻子。祖父用在军营的方式树立起家长的权威。他要求绝对的服从,继续在家中发号施令,杀伐决断,不留余地,而他自己呢,眼睛都不眨一下,身子也从不动摇分毫。丈夫睡觉时极度敏感,我稍有不慎,便会把他惊醒,仿佛突然发现我的存在似的,惊恐地盯着我。吕克也会流露出这种受惊的眼神,当他无意识地发觉我不见了,而不是突然发现我在的时候。

> xèo
> 噠

我们提供越南菜的晚上，吕克在餐厅建起三座小岛。第一座岛上摆放着水风信子编织的大托盘，上面铺着新鲜草叶，盛着春卷和青木瓜沙拉，沙拉里配了米酒腌制的牛肉干，外面裹着一层芝麻，低温炙烤十个小时而成。两个年轻的越南姑娘穿着侧摆开衩到腰部的奥黛，她们端着越南米饼，动作中带着热带国家特有的缓慢，和如花般少女的骄傲。

吕克用四只扁担筐装饰第二座小岛，筐里装着碗、越南米粉和两锅汤；其中一种汤是顺化特色，这座旧日的皇城向来以供奉给帝王显贵的精致馔肴为豪。

第三座岛屿专供我做越式煎饼，加了姜黄粉的米饼里裹着猪肉和虾，下锅的时候要手腕灵活、动作迅速，让面糊均匀地附着在锅底和锅壁，煎出一层薄薄的脆皮。这种越式煎饼名叫 bánh xèo，xèo 在越南语里正是液体遇热发出的噠噠声，因此火要大，却也得控制好，免得过沸。最挑战厨艺的步骤莫过于塞入豆芽，然后对折，米饼不能折断。每次咬下第一口时，我都得鼓足勇气，可是吕克轻而易举地就咬了下去。我希望他能品尝到那种趣味，感觉到米饼折断，在唇齿间发出脆响。我猜想，薄薄的脆皮入口即化,在仿若扑扇翅膀的瞬间里就消失了。于是我赶忙用生菜包裹着第二口送入他嘴里,好让菜叶在他舌尖留下淡淡的清新的苦味。

guzong
·
镜子

　　整个晚餐时段，我看到吕克从一桌客人走向另一桌客人，劝说他们用手拿起这极大极脆的薄饼吃。尽管餐厅里满满当当全是人，当我从三个锅子上抬起头来时，我们的目光一定会在半秒不到的瞬间里交汇，不管他是在倒酒，还是在门口迎来送往。我在他的眼睛里看到我自己，就像在我们房间墙上的镜子里看到我自己，那间卧室被我们施加了魔法，凝固了时间。在我蒙特利尔的家里，只有几面镜子，一面太高了，一面又太远了，还有一面极小的镜子被丈夫挂在玄关大门上，用来驱赶恶灵。跟那些被自己的模样吓退的恶灵一样，我每次看到镜子里面自己的模样，总是吓一大跳，因为它跟我自己印象中的样子不同。然而，在吕克的面庞旁边，我的脸渐渐与我本来的样子重合，那么显而易见。如果我是一张照片，那么吕克就是我的显影液和定影液，在遇到他的那一天之前，我的脸只是一张底片。

旅程结束，我在那架可怕的飞机上哭泣了六个小时，它让我跟吕克分开，跟我们共同的生活，甚至跟我自己割裂开。从机场回家的路上，过高的台阶、过窄的门、过长的词语……一切都让我难以招架。幸而我最终还是回归了日常生活的喧嚷忙碌：孩子们的作业、舞蹈课、曲棍球训练、餐馆……生活在我下坠的过程中拉住了我，放在工作室书桌上的吕克的信让我保持平衡。信封里只有一句话："你到了。"他用铅笔描画出他左手的轮廓，把这句话写在掌心的位置。信是我到巴黎的第二天寄出的，为了赶在我降落到蒙特利尔时抚平离愁。

后来的日子里，他寄照片给我，有他停下来帮老妇人把购物袋拎过人行道的那条街，有新换的门把手，还有被虞美人环绕的炼油厂旁那家向他敞开大门的咖啡馆。我们努力让两个世界重合，努力移动大陆，好让彼此在双方的生活中无处不在。二十几年里，我们自己创造剧情，阻止那将我们吞没的龙卷风在大地上肆虐，毁掉我们用细小的树枝搭建的爱巢。

ngâ
·
坠落

sinh nhật

生日

我生日那天——那是妈妈在办理出生证明的办公厅随意选的日子——吕克的礼物是二十四小时的相聚。我在魁北克有个烹饪课程，他去那里跟我会合。整个晚上，我用我的小腿一遍又一遍地丈量他比我长的小腿，我们互相数着需要多少个吻才能覆盖彼此的全身，更多时候，他嘲笑我在他进门时的迫不及待。我藏在浴室里挂着的睡袍后面，一听到门锁转动的声音，就跳了出来，冲上前去搂住他的脖子。

朱莉带我上过一个课程，其中一个项目是爬到梯子上，仰面倒向下面支撑的队友。我试了很多次，都没有成功。然而现在，如果重来一次，我可以闭上眼睛，什么都不想地将我的身体倒向吕克的身体。

直到今天，我仍会责怪自己在那天夜里断断续续睡着了许多次，就好像我们已经拥有了共同的生活，在我们前方是无尽的可能。我知道吕克一夜没睡，每次我迷迷糊糊睁开眼睛，他的目光都迎接着我，等待着我，那么温柔可靠。黎明时分，我们呼吸着晨露出门，吃了胡萝卜松饼，我最爱的糕点——直到我们坐在巴黎圣厄斯塔什教堂前的台阶上一起分享了包裹着开心果碎的布鲁耶尔洋梨塔。

他在第二天下午离开，他让我把一根头发缝进他上衣的织纹里，另一根缝在他牛仔裤右侧的口袋深处。在火车站台上，他在我手掌上写字，说他已经爱上我喜欢穿的那件呢绒大衣的白色，和它微凉的手感。后来，他毫无预兆地跳下车，告诉我他打算乘出租车去机场，这样我们就又多了半个小时的时间，还可以好好规划我的下一次巴黎之行：接受两家外省餐厅的邀请。

ruồi son
红痣

　　这次巴黎之行之后，还有另外两次，给我们彼此亲吻的时间，让我得以用地名命名吕克身上的每一颗红痣，在那些地方，我们生活在一起，不伤害任何亲人，他们是我们最重要的存在理由。我专心而自豪地数着吕克身上的红痣，像大多数越南人一样，把它们当作好运的象征，因为在我们偏深的肤色上，这些痣尤其显得稀罕和珍贵。我给他看我黄色的手掌，而他对我说起我"汗毛稀疏"（imberbe）的皮肤上的"痣"（grain），这是吕克加到我单词表里的新词，就放在"依赖"（dépendance）和"贪食"（gourmandise）旁边，旧单词于是被赋予了新的含义。

最后一次在巴黎约会时，当我急匆匆地合上手提箱，吕克问我："如果下周我出现在你家门口，你怎么说？"我甚至没有停下手上的动作，一边吻着他，一边不假思索地回答："灾难。"这是一个认真的问题，我当时不知道。

va-li·
手提箱

dinh
·
钉子

　　我不知道的还有他家里面的泪水，无法挽回的话已出口，伤害业已造成。当我终于明白他的问题和我的回答所波及的范围，一切已经太迟了。钉在我棺材盖板上的最后一根钉子，是他妻子打来的电话，她没有指责我，只是告诉我她的决定："我不会退出，您听懂了吗？我不会。"

　　接起电话时，我正准备用十种配料清蒸红鳞鱼，为了一场结婚纪念日派对。工作台上摆着天使意面[1]、猫耳菇、花菇、卤水黄豆、猪肉末、胡萝卜、姜丝、辣椒碎，一应俱全，只差百合花。我一朵一朵地把花系起来，免得花瓣在蒸的时候脱落。重复性的动作让我脑海里响起吕克在我耳边小声哼唱的幼稚调子，除了我，没有人听得见。我完全没想到会接到他妻子的电话，一时愣住了。我只记得看到自己的手继续摘去花蕊，装饰好几尾鱼，放到大蒸锅的笼子上，剩下的事，后来的事，我都不记得了。

1　一译卡佩利尼（Capellini），又被叫作"天使的头发"，是最细的长形意面。

妈妈的整个少女时代都在信奉天主教的修女身边受教。她知道许多《圣经》故事，把那些承载着启示和教训的故事讲给我听。那天晚上，我负责打扫厨房和关店，她陪在我身边，下楼之前，她给我讲了所罗门的审判。

我跪在地上，手里拿着毛刷，清洗厨房的地板，泪水滂沱。我在磨刀石上把刀磨尖。我在手电筒的灯光下清扫花园的落花和枯叶。最重要的是，我屏住呼吸，把自己切成两半，切除属于吕克的那一部分，于是我的一部分死掉了。但如果不这样，吕克会完全死掉，他会被撕成两半，扯成七段，碎成一千块，他的孩子们也会成为连带的受害者。

xé lòng
撕心裂肺

我逃避的方式是一心扑在时令菜肴上。朱莉减少了我日常的工作时间和工作量,支持我去实施那些缺乏理智的计划。越南春节的时候,为了让鸡的外表毫发无伤,我用了一整夜的时间剔除鸡骨头,然后塞进馅料缝合。我还把一大棵硕果累累的盆栽橘子树捐赠给街区的佛寺,每一个橘子的枝叶上都系着祝愿卡片,送给在新年钟声敲响时摘下它们的人。八月中秋节,我做了月饼,越南人总是一边品尝这种方形的中秋糕点,一边看孩子们提着被蜡烛点亮的红色灯笼在街市上游玩。月饼的馅料,根据各人的口味和制作的耗时程度各不相同。

我有的是时间,因为当你不再有期待的时候,时间就是无限的。于是我选择了混合许多种干果和炒瓜子的馅料,逐一敲开坚硬的果壳,剥出果仁。为了不破坏里面的果肉,破壳时需要控制力道,及时收手。否则果仁就会像清晨醒来的梦一样立时碎掉。这是一项机械无趣的工作,让我得以躲进自己的世界,已经不再存在的那个世界。

幸好,越南语中动词没有时态。永远是动词不定式,永远是现在时。所以,我很容易就忘了给那些句子加上"明天"、"昨天"或"曾经"的限定,让吕克的声音重新在我耳边响起。

我觉得我们好像一起度过了一生。我能纤毫毕观地看到他气恼时指向天空的右手食指，他躺在百叶窗的阴影下休息的身躯，他跑在孩子们身后，把钴蓝色的围巾绕在脖子上的方式。

thẻ bài

军用识别牌

　　吕克的缺席不仅让他消失了，让"我们"消失了，也让我的一大部分消失了。我弄丢了那个在巴黎最古老的冰淇淋店里品尝十几种口味的果汁冰淇淋后笑得像个小姑娘似的女人，还有那个敢久久地盯着自己在镜中的裸体，辨认用记号笔写在背上的文字的女人。现在，当我站在浴室镜子前的矮凳上，有时还能重新看见那些洇开的笔迹，沿着的我脊背从上往下念，ROUMA，倒过来就是 AMOUR，爱情。

　　我已经想不起来妈妈具体是在多久之后介入进来的。那天晚上，她让我睡在她那里，在一片漆黑的卧室里，她把一块茶饼大小的金属牌放在我手上。这是一套两开军用识别牌中的一块，属于方——那个在少女时代为她写诗的年轻人，他后来当了兵。两块身份识别牌上刻着方的基本信息，内容一模一样，它们必须一直挂在主人的脖子上，除非他战死疆场，战友会把其中一块取下来，带回营地。在离开之前，方穿着军装来见她，把这块牌子留给了她，把"他从未经历过的生活"和他关于她的梦——如果他没能回来取，这个梦就永远只能是梦——都留给了她。

许多年里，每次妈妈看到被丢弃在稻田边上或者芦苇荡里的军用头盔，正扣着或翻倒在地上，空空荡荡或积满雨水，都感觉到内心在崩溃。如果不是被迫跟随着同志的脚步前行，她一定会跪在那些头盔旁边，再也站不起来。幸好有鱼贯而行的队伍带着她笔直前进，因为行差踏错一步，就有可能引爆地雷，危及那些为了不让大炮滚下泥泞的山坡而躺在车轮前的士兵，他们已经准备好，为国家的事业牺牲。

刚一离开丛林,她就重新见到了方,他们一家人住在一起,有他老去的父母和伤在母亲怀中的儿子。他成了医生,村民口中备受爱戴的人。她望着他躺在椰子树下的吊床上午睡,光着上半身,衬衫挂在一根树枝上,军用识别牌的项链依然挂在脖子上。她看着他入睡和醒来。他动了动手臂,她以为他要起床了,但是在树叶的沙沙声和鲤鱼的尾巴拍打溪水的声音里,他一动不动。在尘世生活的静谧安详中,她看到他的手摸向项链的搭扣,上面系着她在他离开的那晚从发间取下来、送给他的发带。这根发带跟她继姐妹们的缎子发带不一样,是她用几百根继母丢弃的绣线线头编织成的。

妈妈没有走向他,而是后退了两步,脚步声让他回过头。她转身背向他,直到他起身去医疗所。因为爱他,她再也没有回到那里。

那天夜里，我和妈妈都没有合眼。第二天，我像每天早上一样，给孩子们准备早餐，我轻手轻脚地避免吵醒丈夫，他在早上喜欢一个人安静地待着。像每天一样，我在门口把午餐的便当盒递给他们，但那天早上，我仿佛感觉到吕克的手轻抚我的颈背，让我弯下腰亲吻他们，如果他在这里，一定会这么做的，就像他每天早上对自己的孩子们做的那样。

第三天，我在他们的三明治包装里塞了一张小纸条，上面写着吕克发给我的每一条信息结尾作为签名的话："我的天使，我爱你。"

从那以后，我用跟吕克一样的动作为女儿梳头，他曾那样珍惜我的每一根头发。我用同样的方式把乳液涂在儿子背上，轻抚他脖子上的皮肤。

后来，我在一个午后挽着朱莉的手臂来到一位越南美容师家。她说，为了改变命运，带来好运，她常帮客人在"算命师"指定的位置文上红色的美人痣。

ān sāng
·
早餐

<small>yēn lǎng
寂静</small>

　　第一次，我在脸颊上文了一颗红痣，在鼻子左侧一公分的位置。第二次，在右腿大腿根的内侧，因为那天，在我因为什么原因抬头望向蓝天的时候，看见了一架飞机行过的痕迹。第三次是为了纪念一片偶然飘落在字典书页上的日本枫叶，字典是随我跟吕克一起挑选的戒指寄来的。那家珠宝店有一座小小的内部花园，里面栽种着这种小乔木，一个月后吕克去取按我的尺寸调节好的戒指时，店主同意他摘一片枫叶。第四次下了小雪，那天早上，一片很大的雪花落在我的鼻尖上，吕克曾经在那同一个位置吻去另一片雪花。

　　我一次又一次地去美容师家，把吕克身上的红痣复制到我身上，把它们每一颗都牢记在心里。我相信，有一天，当我把它们全部文在身上，当我把它们连接起来，就能在我的身体上画出他的命运的地图。也许那一天，他会出现在我家门口，本能地拉住我的手，用一个吻阻止我说出"灾难"这个词。